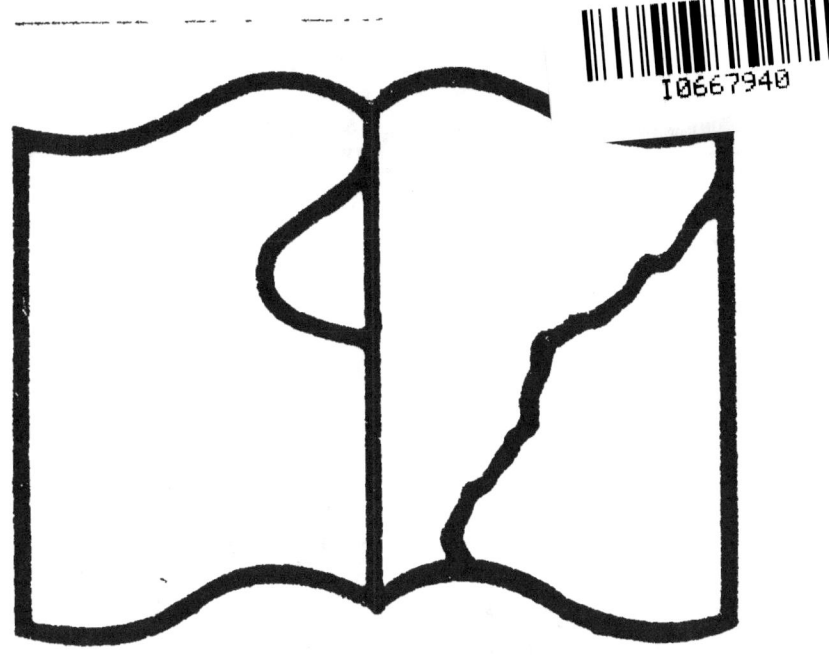

Texte détérioré — reliure défectueuse

NF Z 43-120-11

COUVERTURE INFERIEURE

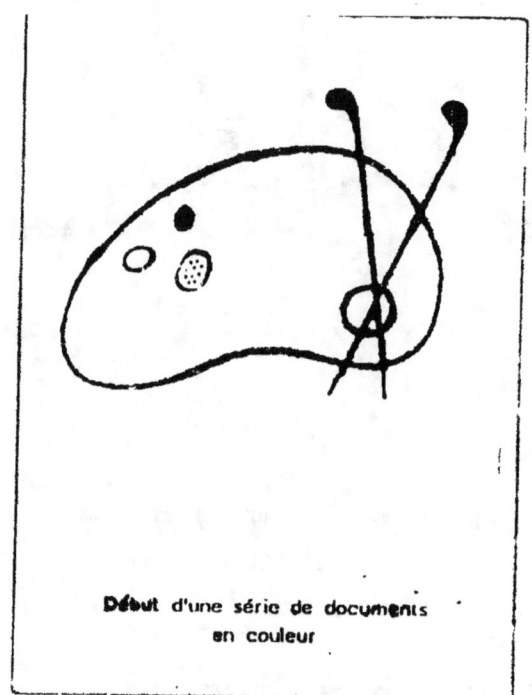

Début d'une série de documents
en couleur

COUVERTURES SUPERIEURE ET INFERIEURE D'IMPRIMEUR.

239

Les Deux Manufacturiers
Imité de l'Anglais
par D. Pradier

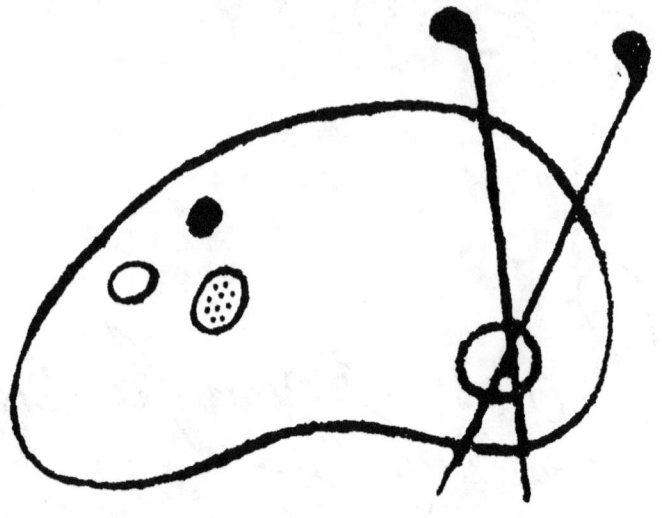

Fin d'une série de documents
en couleur

LES DEUX MANUFACTURIERS

IN-8º DEUXIÈME SÉRIE

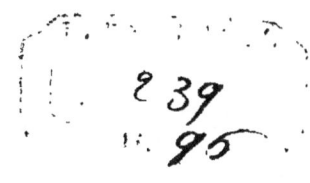

M. Darford s'était associé ses deux neveux, Charles et William
(page 8)

MISS MARIA EDGEWORTH

LES
DEUX MANUFACTURIERS

IMITÉ DE L'ANGLAIS

PAR

D. PRADIER

Seize gravures

LIMOGES
EUGÈNE ARDANT ET Cⁱᵒ

ÉDITEURS

Regardez ces beaux hommes qui passent à cheval (page 12)

LES DEUX MANUFACTURIERS

CHAPITRE Ier

LES COUSINS

Par un travail persévérant et une constante application aux affaires, M. Darford réussit à monter une belle manufacture de coton et à s'assurer des ressources pour ses vieux jours.

Il avait constitué ce qu'on appelle, ou plutôt ce qu'il appelait une fortune convenable.

Or ses idées au sujet d'une fortune convenable étaient, il faut le dire, assez modestes. Elles ne comprenaient que le confort et le nécessaire et laissaient de côté toutes les vanités de la vie, tout le superflu inutile.

Il poussa même plus loin cette vulgaire singularité d'opinion, car on l'entendit souvent déclarer qu'il croyait un manufacturier occupé de son travail quotidien plus heureux qu'un gentleman passant sa vie dans l'oisiveté.

M. Darford aimait beaucoup sa famille, et il s'était associé ses deux neveux Charles et William.

William, qui avait était élevé sous sa direction, lui ressemblait par le caractère, les habitudes, les opinions. Toujours gai et actif, il semblait prendre plaisir aux travaux et aux soins de tous les jours que réclamaient sa position et la confiance qu'on avait en lui.

Loin de rougir de ses occupations, il s'en glorifiait; et, chez lui, le sentiment du devoir n'était pas séparé de celui du plaisir.

Son cousin Charles, au contraire, trouvait peu d'accord, peu d'harmonie entre l'idée du bonheur et celle du devoir.

Il avait été élevé dans une famille remplie de vanité, qui considérait les négociants et les manufacturiers comme appartenant à une caste inférieure et comme des êtres peu dignes de frayer avec la bonne société.

Il n'avait fallu rien moins que la ruine de son père pour vaincre sa répugnance, et le déterminer à entrer dans les affaires, sous l'habile direction de son oncle.

Il ne s'occupait en rien des intérêts de la manufacture; il affectait même de porter ses pensées bien au-dessus de ces choses vulgaires, et passait ses journées à regretter que son brillant mérite fût enseveli dans l'obscurité d'une usine.

Il voyait bien que l'aveu de ses préjugés
lui faisait perdre l'amitié de son oncle; mais
l'habitude, chez lui, était si bien prise qu'il
ne laissait échapper aucune occasion de
contredire les idées simples et libérales de
M. Darford.

Toutes les fois que l'opinion de son oncle
différait de la sienne, il soutenait la discussion sans aucun ménagement; il murmu-
rait à l'oreille du commis ou bien se disait
à lui-même :

— Mon oncle Darford ne connaît pas le
monde; comment le connaîtrait-il, du
reste, le pauvre homme, il n'est jamais
sorti de son comptoir!

Soixante ans d'expérience, — que son
oncle présentait quelquefois comme une
preuve qu'on pouvait se fier à son jugement
— n'avaient aucune influence sur notre
jeune homme à préjugés, prétentieux et
ignorant des choses du monde, qu'il croyait
si bien connaître.

Notre jeune homme à préjugés, avons-
nous osé dire? Charles n'aurait pas

accepté l'expression, car il ne croyait de préjugés qu'aux vieillards.

Les oncles, les pères, les grands-pères étaient, à son avis, une race sujette à cette maladie dont étaient exempts les jeunes gens, surtout ceux qui se faisaient habiller chez un grand tailleur, et chausser chez un bottier à la mode.

Le moment vint enfin où Charles eut la liberté de vivre comme il l'entendait.

M. Darford mourut, laissant à ses deux neveux sa fortune et sa manufacture.

— Maintenant, dit Charles, je ne suis plus enchaîné à la rame. Je vous laisserai, William, faire comme il vous plaira. Travaillez tous les jours dans la manufacture, puisque tel est votre bon plaisir. Pour moi, je n'ai pas le génie des affaires. Je prendrai mon plaisir et jouirai enfin de la vie : tout ce dont je m'occuperai sera de me faire suppléer, et de payer quelque pauvre diable qui soignera mes intérêts à ma place.

— Je crains bien que le pauvre diable dont vous parlez ne soigne pas vos intérêts

aussi bien que vous-même, dit William;
vous connaissez le proverbe de l'œil du
maître.....

— C'est vrai! c'est vrai! c'est très vrai!
William, dit Charles allant à la fenêtre
pour voir passer un régiment de dragons.
J'ai un autre emploi pour mes yeux. Regardez ces beaux hommes qui passent à
cheval : avez-vous jamais vu un plus bel
uniforme que celui du colonel : le beau
cheval! oh! je voudrais avoir une commission dans l'armée. J'aimerais en ce moment
être à la place de ce brillant officier.

— En ce moment? oui, peut-être parce
qu'il a, comme vous dites, un bel uniforme
et un beau cheval. Mais tous ses moments
ne ressemblent pas à celui-ci, mon pauvre
Charles.

— En vérité, William, vous parlez aussi
bien que mon oncle Darford. Voyez, pourtant, ce que c'est de vivre avec de vieux
travailleurs. Vous prenez leurs manières,
et vous devenez sage avant le temps.

— Le danger de devenir sage avant le

temps n'est pas dangereux et ne m'alarme
pas beaucoup ; mais peut-être, cousin, vous
craignez ce danger plus que moi.

— Non certes, dit Charles, se penchant
encore plus en dehors de la fenêtre pour voir
les dragons qui se formaient en revue sur
la place. Je répète seulement que je voudrais être entré en temps opportun dans
l'armée au lieu d'avoir été placé dans cette
maudite manufacture de coton. L'armée
est une jolie profession, voyez-vous, cousin William. J'ai assez d'esprit, — vous ne
sauriez en douter, — pour désirer vivre et
paraître en gentleman.

— Et moi, reprit William, j'ai assez
d'esprit pour désirer vivre et paraître en
homme indépendant ; et je crois très indépendant le manufacturier que vous méprisez si fort. Pour ma part, je suis fort obligé
à mon oncle qui m'a élevé dans les affaires ;
car, aujourd'hui, je ne suis pas aux ordres
d'un homme. Personne n'a le droit de me
dire : « allez à droite où à gauche, venez ici

ou là. Tirez sur cet homme, percez cet autre de votre baïonnette.

Et comme Charles, un peu surpris se tournait vers son cousin en haussant les épaules.

— Je ne crois pas, continua William en s'animant, que le plaisir et l'honneur de porter un habit rouge et d'avoir ce qu'on appelle une belle profession, pourrait me dédommager de toutes les souffrances qu'un soldat doit endurer si peu qu'il fasse sérieusement son devoir. A moins que ce ne soit pour la défense de mon pays ; et, dans ce cas, je saurais me battre tout aussi bien qu'un autre, je puis dire que je n'aimerais pas beaucoup être séparé de ma femme et de mes enfants pour lutter contre un peuple avec lequel je n'ai aucun sujet de querelle, et pour une cause que, peut-être, je ne saurais approuver.

— C'est bien. William, c'est très bien, mon cher cousin, vous avez, comme vous le dites, femme et enfants : votre sort est, en cela, bien différent du mien. Vous ne

pouvez abandonner votre famille ; mais,
Dieu merci, je suis encore libre et chargé
seul de prendre soin de moi. J'ai dessein
de vivre pour moi et de prendre autant de
plaisir que je pourrai m'en procurer avec
ma fortune.

Si ce dessein de vivre pour lui était
compatible avec l'idée de prendre autant de
plaisir que possible, nous le laissons à
décider à la tête et au cœur de nos lecteurs.

Charles n'était pas mauvais, au fond;
cependant, il avait de singulières théories et
se faisait de la vie une opinion qui ne pouvait
manquer de lui amener de nombreuses
déceptions.

Mais continuons notre histoire.

Elle attirait l'attention par la facilité avec laquelle elle exécutait son travail (page 27)

CHAPITRE II

UNE VISITE A LA MANUFACTURE

Aussitôt après cette conversation des deux cousins, il se présenta une circonstance qui servit encore mieux à faire voir la différence de leurs caractères et de leurs sentiments.

Une société de dames et de gentlemen en

voyage arriva à la ville et demanda la per-
mission de visiter diverses manufactures.

Les voyageurs avaient des lettres de
recommandation pour M. Darford, et William, — avec sa complaisance habituelle, —
leur fit voir les différents travaux; il leur fit
remarquer comment, chez lui, les ouvriers
étaient heureux, et leur montra avec orgueil
les visages pleins de santé des enfants qu'il
employait.

— Vous voyez, dit-il, que l'on ne peut
nous reprocher de sacrifier à nos intérêts
personnels la santé et le bonheur de ces
pauvres et intéressantes créatures. Mon
bon oncle avait pris tous les moyens ima-
ginables pour rendre aussi heureux que
possible tous ceux qui travaillent à la manufacture. J'espère faire comme lui. Je suis
sûr que les trésors des deux Indes ne me
feraient aucun plaisir si ma conscience me
disait que je les ai gagnés par des moyens
barbares et injustes. Si ces enfants man-
quaient d'air, et n'avaient pas une nourriture substantielle, j'éprouverais le plus

grand malaise en entrant dans cette salle et je n'oserais les regarder. Mais il n'en est pas ainsi, comme vous pouvez le constater. Et voyant qu'ils sont bien traités et bien approvisionnés à tous égards, j'éprouve de la joie et de l'orgueil quand je viens au milieu d'eux et que j'y conduis mes amis.

Les yeux de William brillaient en ce moment et manifestaient encore davantage les généreux sentiments de son cœur.

Charles, qui se croyait obligé d'être prévenant pour la société, paraissait évidemment honteux d'être pris pour un manufacturier.

William, au contraire, avec une simplicité parfaite, expliqua le mouvement des machines et toute la marche de la manufacture ; et Charles, qui croyait en cela faire preuve de supériorité et de politesse, lui disait à chaque instant :

— Cousin William, je crains que nous ne fassions rester trop longtemps debout ces messieurs et ces dames... Cousin, ce bruit est bien assourdissant... Cousin, ceci

n'est guère intéressant, crois-moi, surtout
pour les dames. Enfin, la compagnie n'aura
pas le temps de voir travailler la porcelaine, ce qui est des plus intéressant, et
sera, je pense, plus de son goût.

L'impatience turbulente de notre héros
était extrême.

Enfin, il vint à bout de son dessein et
entraîna les visiteurs vers les ateliers de
porcelaine.

Parmi les dames, il en était une qui
attirait plus particulièrement l'attention :
Miss Maud Germaine « vieille jeune fille »
qui se croyait le droit d'être fière de ce
qu'elle sortait d'une antique et noble
famille.

Elle était encore plus vaniteuse que fière,
et sa vanité se trouva en quelque sorte
flattée par les attentions de sa nouvelle
connaissance.

Malgré cela, elle affecta de tourner
Charles en ridicule auprès des gens de sa
compagnie. Et, quand elle croyait n'être
pas remarquée de lui, elle leur demandait

à voix basse ce qu'ils pensaient de leur cicerone et s'ils ne trouvaient pas qu'il se donnait des airs déplacés en considération de ce qu'il était.

On a toujours remarqué que les gens ne deviennent ridicules que par ce qu'ils prétendent être et non par ce qu'ils sont.

Ces personnes, — quoique parfaitement disposées au sarcasme, — ne trouvaient rien pour se moquer de William qui agissait tout simplement et ne se donnait pas de grands airs.

Comme il n'affichait point de prétentions à être un parfait gentleman, il n'y avait pas un absurde constraste entre sa condition et son langage. Et, au contraire, chaque mot, chaque regard, chaque mouvement de Charles, tout était ridicule, parce que tout était affecté.

Mais lui, — qui ne s'apercevait de rien, et qui croyait faire acte de bonne éducation, — prêtait au divertissement de tout le monde.

Miss Maud Germaine, voyant à qui elle avait affaire, entreprit de se divertir à ses dépens, et sut parfaitement cacher son intention peu charitable.

Tout en examinant de belles pièces de porcelaine, elle en appelait continuellement au bon goût de M. Charles Darford, qui, avec une gauche politesse — et une feinte modestie, encore plus maladroite; — commençait toujours ses réponses par assurer qu'il croyait miss Maud Germaine plus en état que lui de décider.

Il n'avait pas la moindre prétention au goût; mais dans son humble opinion, les articles qu'elle remarquait devaient être évidemment d'une grande élégance et certainement de la dernière mode.

— La mode, vous le savez, Messieurs et Mesdames, disait-il avec emphase, est tout en ces sortes de choses et même en tout, on peut le dire.

Miss Germaine, avec une adresse qui ajouta au divertissement de la société, lui fit louer et blâmer tout ce qu'elle voulut.

Elle lui fit faire un éloge absurde des plus médiocres pièces du magasin, en disant

qu'elles ressemblaient parfaitement à celles
que son amie Lady Mary Crawley avait
achetées pour sa cheminée.

Non contente de montrer qu'elle pouvait
engager notre homme de goût à décider
comme elle le voulait, elle imagina de le
faire revenir sur sa décision et de le mettre
en contradiction avec lui-même autant de
fois qu'il lui plairait.

On était en ce moment en présence de
deux vases d'une exécution parfaite.

— Maintenant, dit-elle tout bas à une de
ses compagnes, je vous fais la gageure que
je vais d'abord lui faire dire de ces deux
vases si charmants qu'ils sont ridicules,
qu'ils ne lui plaisent pas et qu'une personne
de goût ne peut en approuver la forme et le
décor, et enfin, quand il aura émis son
humble opinion, je lui ferai dire tout le
contraire.

Ceux des visiteurs qui entendirent la
proposition, se mirent à rire sans que
Charles se doutât qu'il fût question de lui.

La dame accomplit ce projet à son

entière satisfaction et à celle de toute la
compagnie.

Charles, rendu sourd et aveugle par son
amour-propre exagéré ne vit pas qu'il était
devenu pour tous un objet de risée. Mais
William, qui était plus clairvoyant, ne
put souffrir que son cousin servît de jouet à
la société.

Il interrompit la conversation et proposa
de passer dans une autre salle où l'on déco-
rait la porcelaine.

Charles, avec un regard de dédain, dit
que l'odeur de la peinture agacerait probablement les nerfs des dames, et leur serait
désagréable. Mais toujours plein du sentiment de sa prétendue politesse, il suivit les
autres en déclarant que l'on faisait violence
à la société et que cette manière d'agir n'é-
tait pas convenable.

Le pauvre garçon n'entendit pas miss
Germaine dire à ses compagnons :

— Y a-t-il dans la nature quelque chose
de plus ridicule qu'un manufacturier qui
veut se donner des airs de gentleman?..

Les voyageurs avaient des lettres de recommandation pour
M. Darford (page 18)

Parmi les personnes occupées à orner
d'arabesques et de fleurs, un assortiment
de porcelaine, il en était une qui attirait
particulièrement l'attention par la facilité
avec laquelle elle exécutait son travail.

Un iris, aux couleurs éclatantes, qu'elle
venait de terminer, excita l'admiration des
spectateurs.

Pendant que Charles s'extasiait sur le
mérite de l'ouvrière et sur la perfection où
les arts étaient parvenus en Angleterre,
William observait le visage pâle et mala-
dif de la jeune artiste.

Il s'arrêta pour lui dire de se ménager
et de ne pas travailler avec tant d'ardeur;
il la pria de ne pas rester au courant d'air
et lui adressa plusieurs questions pleines
d'intérêt, sur l'état habituelle de sa santé.

Tout en lui parlant, il ne s'aperçut pas
qu'il avait mis le pied sur la jupe de miss
Germaine.

Celle-ci se détourna avec précipitation et
sa robe fut horriblement déchirée.

Charles excusa, en la soulignant, la

maladresse involontaire et l'étourderie de
son cousin.

Il eut la complaisance et la simplicité
de dire :

— Mesdames, ne pensez pas mal de
mon cousin William, parce qu'il n'est
pas comme moi votre très humble serviteur. Nonobstant sa petite rusticité, malgré
son manque de politesse, — choses qui
vous le savez ne dépendent pas de l'homme,
— je puis vous assurer qu'il n'y a pas de
meilleur homme au monde. Mais le pauvre William s'adonne trop aux affaires ; et
ses préoccupations de commerçant lui font
perdre de vue la bienséance, les bonnes
manières et tout ce qui distingue l'homme
bien élevé.

Malgré les idées préconçues des visiteurs, cette petite apologie fut trouvée plus
maladroite et plus insupportable que la
faute de la personne qu'il voulait défendre
et couvrir de sa ridicule protection.

Notre héros passa le reste de la journée
dans les meilleurs termes avec lui-même et

avec miss Maud, qui ne cessa de l'accabler
de ses moqueries, et de plaisanter à ses
dépens.

Il apprit avec une très grande satisfaction que cette dame avait formé le projet
de passer une quinzaine de jours à la ville
de X***, chez une de ses parentes.

Il l'attendit le lendemain pour lui rendre
compte d'une commission qu'elle avait
daigné lui donner lors de la visite à la manufacture, et qui consistait à choisir, pour
elle, quelques articles de porcelaine qu'elle
désirait acquérir en souvenir de sa visite.

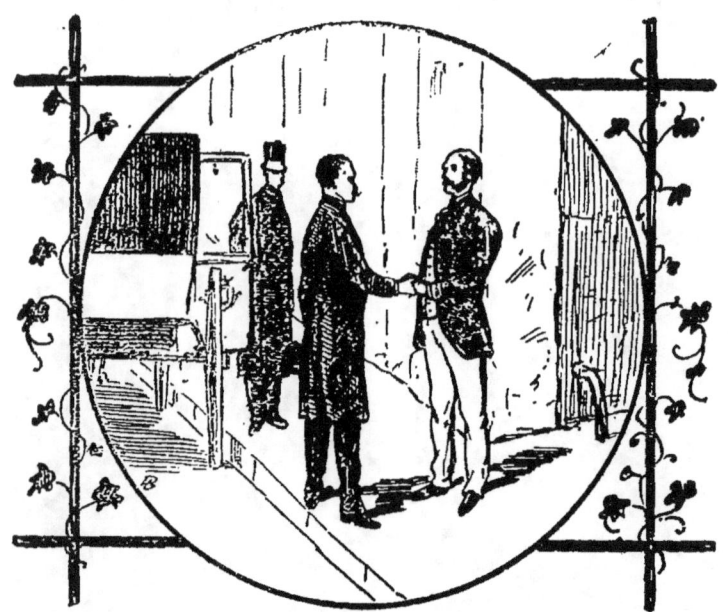

Charles bégaya quelques phrases inintelligibles (page 39)

CHAPITRE III

LA SÉPARATION

Une visite en amène une autre, et Charles Darford fut charmé de se voir admis dans une société si élégante que celle que fréquentait miss Maud.

D'abord, il éprouva de la vanité de ses relations avec une personne de l'importance de miss Maud Germaine; il en parlait à tous ses amis; puis, il conçut l'idée hardie de l'épouser et espéra qu'elle ne refuserait pas sa proposition.

Les railleries de ses amis le piquèrent et l'excitèrent bien un peu à tenter une démarche auprès d'une dame qui, disaient-ils, ne voudrait jamais d'un homme dans les affaires.

Notre héros ne fut pourtant pas entièrement déçu dans son espoir.

Quoique miss Maud eût souvent dit à ses amies que Charles Darford était un homme grotesque et ridicule, dès qu'il eût fait sa demande, elle se prit à considérer qu'un manufacturier peut quelquefois avoir du goût, du jugement et du bon sens; et encore beaucoup d'autres qualités.

Son horreur pour les gens d'affaires éclatait dans toute sa force; mais elle se dit pourtant qu'il n'y a pas de règle sans d'honorables exceptions.

Quelques circonstances imprévues travaillèrent en faveur de Charles.

La fille de chambre de miss Germaine fit intervenir très à propos certains précédents. Elle parla de dames du plus haut rang qui s'étaient mariées dans des maisons de commerce. Le présent que fit Charles à Miss Maud du beau vase de porcelaine au sujet duquel elle lui avait fait changer d'opinion, et surtout la crainte de mourir vieille fille, l'engagèrent à donner son consentement à cette union mal assortie.

Après quelques feintes hésitations, la belle dame accéda donc à la demande de Charles, à condition que le négociant changerait son nom roturier de Darford pour celui plus aristocratique de Germaine, qu'il romprait toute société dans cette odieuse manufacture de coton, et qu'il achèterait le domaine de Germaine-park dans le Northamptonshire pour se mettre d'accord avec la condition et la grandeur de sa nouvelle position.

Dans la folie de sa joie et tout ravi d'une alliance avec la grande famille Germaine, l'ingrat promit tout ce qu'on lui demanda, malgré les remontrances de son cousin William, qui lui représenta avec chaleur et bons sens les inconvénients de se marier dans une famille qui tôt ou tard le mépriserait, et de s'unir à une vieille coquette comme miss Germaine qui n'était guidée que par l'intérêt et qui ne ferait jamais qu'une femme désagréable et extravagante.

— Ne voyez-vous pas, disait-il, qu'elle n'a pas la moindre affection pour vous! Elle ne vous épouse qu'à défaut d'autre parti et parce que vous êtes riche et qu'elle est pauvre. D'après son propre aveu, elle est de sept ans plus âgée que vous; par conséquent, elle sera vieille que vous serez encore jeune homme.

Et comme Charles se récriait :

— Elle est, continua William, — comme vous le voyez, et comme je le vois, — vaniteuse et fière à l'excès. Si elle vous honore de sa main, elle croira que tout ce qu'elle exigera de vous ne pourra jamais payer cette faveur. Au lieu de trouver en elle, — comme par exemple je trouve en ma femme, — la plus dévouée des amies, vous n'y rencontrerez qu'un tourment pour toutes les heures de votre vie. Et considérez que ce tourment peut durer au moins quarante ou cinquante ans. Cela ne vaut-il pas la peine d'y réfléchir quelques minutes et même quelques jours?

Charles réfléchit à peine quelques secondes et répondit :

— Vous vous êtes marié comme vous avez voulu, mon cousin ; je me marie comme il me plaît. Je n'entends pas passer mes jours comme vous passez les vôtres ; et, dès lors, la femme qui vous rend heureux, ne me donnerait probablement pas le bonheur. Je veux, voyez-vous, faire quelque figure dans le monde ; je n'ai pas d'autre usage à faire de ma fortune ; et une alliance avec les Germaines me transporte d'un coup au milieu de la grande société. Miss Maud est hautaine, je l'avoue ; mais, je ne saurais le lui reprocher : elle a quelque raison d'être fière de sa famille et de son nom !

William soupira en voyant la grande

folie de son cousin ; et la société commer-
ciale fut dissoute entre les deux neveux de
M. Darford.

Il en coûta bien de l'argent, mais peu de
peine à notre héros pour changer son nom
de Darford en celui de Germaine.

Ses intérêts pécuniaires furent encore
plus lésés par l'acquisition du domaine de
Germaine-park dans le Northamptonshire,
acquisition payable en trois ans, et bien
au-dessus de sa valeur.

Mais dans la fièvre de l'impatience où il
était d'entrer dans le grand monde, toute
prudence fut mise de côté.

Il eût été, pensait-il, au dessous d'un
homme d'esprit et indigne du caractère
qu'il voulait prendre désormais, de s'arrêter à des considérations d'intérêt. Il acheta
donc Germaine-park, épousa miss Germaine, et résolut d'avoir des équipages et
un genre de vie tels qu'il n'y eût personne
qui ne jurât qu'il était né possesseur de ce
domaine.

On ne peut douter que sa femme ne l'en-

courageât dans cette louable résolution.
Elle était désireuse de quitter ce pays où
résidaient ses anciennes connaissances :
c'étaient des gens qu'elle ne pouvait plus
fréquenter.

Charles, en qui la vanité étouffait les
meilleurs sentiments, n'était pas fâché d'a-
voir un prétexte pour rompre avec ceux
qu'il avait le plus aimés. Il vint dire adieu
à William, dans un beau carrosse sur les
panneaux duquel brillaient avec ostentation les armes de la famille Germaine.

Les manières de William furent em-
preintes de la véritable dignité, celle qui à
sa source dans le sentiment de l'indépendance. Il en imposa à notre héros et même
le couvrit quelque peu de confusion malgré
ses airs affectés de grandeur.

— J'espère, cousin William, dit Charles
d'un air protecteur, que si vous avez quelques moments de loisirs, — ce qui est peu
à espérer du reste avec toutes vos occupations, — j'espère, dis-je, que vous viendrez
nous voir à Germaine-park.

Cette timide invitation fut faite avec un embarras marqué, car Charles ne désirait pas qu'elle fût acceptée; et elle était faite même contrairement au désir de sa femme.

Mais l'orgueilleux fut délivré de ses craintes, et en même temps mortifié par la calme simplicité avec laquelle William répondit :

— Je vous remercie, cousin, pour cette aimable invitation. Mais, comme vous savez, je pourrais être pour vous un embarras à Germaine-park, et je me suis fait une règle de ne pas faire société avec des gens qui pourraient avoir à rougir de moi ou desquels je pourrais rougir.

— Rougir de vous!... Mais... quelle idée, mon cher William! sûrement, vous ne le pensez pas?... vous ne pouvez le supposer. Je ne vous regarderai jamais comme un embarras, je vous proteste...

— Epargnez-vous la peine de protester, mon cher Charles, reprit William en souriant avec douceur.

Et comme Charles faisait un geste de dénégation.

— Je remarque en ce moment, continua William, beaucoup d'embarras chez vous, et je ne l'attribue pas au manque d'affection pour moi. Nous allons mener deux genres de vie bien différents. Je vous désire toutes sortes de bonheur. Peut-être un temps viendra où je pourrai vous être utile plus qu'en ce moment.

Charles n'avait pas la conscience tranquille; il bégaya quelques phrases inintelligibles et retourna à son carrosse.

La vue des panneaux armoriés de la belle voiture lui rendit son courage et sa complaisance en lui-même. Il se mit à parler longuement carrosses et chevaux, pendant que les enfants de la maison le suivaient pour lui dire adieu en criant :

— Vous nous quittez, oncle Charles? Ne reviendrez-vous pas jouer avec nous selon votre habitude?

—

Charles fut rapporté à la maison   il était dangereusement blessé (page 48

CHAPITRE IV

UN MARIAGE MAL ASSORTI

Charles monta dans son carrosse avec toute sa petite dignité d'emprunt.

William, qui jugeait son ami toujours avec la plus grande indulgence, excusa le peu d'affection que Charles avait montrée dans sa visite.

— Ma chère amie, — dit-il à sa femme qui exprimait son mécontentement du peu d'attention qu'il avait donné aux enfants, — il faut lui pardonner : on ne peut s'occuper que d'une chose à la fois ; et, en ce moment, il est trop occupé de son carrosse et de ses armoiries. Le jour viendra où il fera plus d'attention aux enfants, et j'espère que ce jour viendra bientôt pour son salut.

Maintenant, suivons notre héros dans toute la gloire de sa nouvelle condition ; regardons-le briller de tout son éclat dans le grand monde du Northamptonshire et des contrées voisines.

La toilette, l'équipage, les amusements, et par-dessus tout les grands airs de sa femme et de ses gens, furent pendant dix jours le sujet de la conversation de tout le pays.

Comme Charles ne savait pas précisément le degré d'importance qui devait revenir à M. Germaine de Germaine-park, il porta tout à l'exagération,

Les gentlemen du pays s'étonnèrent, se moquèrent, et finirent par dire en réunions que leur nouveau voisin était un parvenu prétentieux qu'il fallait rabaisser et qu'on ne devait pas souffrir qu'un simple manufacturier se donnât des airs de gentleman parce qu'il était marié à une vaniteuse de noble famille.

— Il était évident, ajoutaient-ils, qu'il n'était pas né pour la situation dans laquelle il se pavanait.

Ils observèrent et ridiculisèrent l'ostentation qu'il déployait dans le luxe de sa maison; son habitude de dire le prix de chaque chose; ses efforts pour attirer sur lui l'admiration ; son mépris affecté pour l'économie; la peine qu'il prenait pour se lier avec les personnes d'un certain rang.

Ils y ajoutèrent son ignorance de la généalogie de la noblesse, et ses étranges méprises sur les titres anciens et les nouveaux.

Certains petits défauts dans les manières ; certaines expressions vulgaires dans ses conversations, l'exposèrent également à la risée des gens qui ont la prétention de donner le bon ton.

M. Germaine vit bientôt que tous les gentlemen du pays étaient ligués contre lui; mais il n'avait pas assez de sang-froid ni de connaissance du monde pour soutenir cette lutte inégale.

La bassesse avec laquelle il cherchait tantôt à amadouer, tantôt à en imposer à ses adversaires, leur fit connaître l'étendue de leur pouvoir et la grandeur de sa faiblesse.

Les choses en étaient là, quand, par malheur, notre héros offensa M. Cole, un des plus fiers et des plus susceptibles gentlemen du pays.

Il le prit pour un marchand du même nom; et, dans cette supposition, il négligea de lui rendre sa visite.

Quelques jours après, à un banquet, M. Cole et M. Germaine échangèrent quelques paroles fort vives. Ces propos furent répétés différemment par les personnes

qui étaient présentes ; et, cette dispute devint
le sujet de la conversation générale, princi-
palement parmi les dames.

Chacune d'elles raconta à sa fantaisie ce
que lui avait dit son mari ; et, comme ces
messieurs avaient beaucoup bu, ils ne se
souvenaient pas parfaitement de ce qui s'é-
tait passé, de sorte que l'évènement fut fortement exagéré.

Ces dames, tout en affirmant qu'elles
avaient le duel en horreur, pensaient entre
elles qu'un vrai gentleman aurait demandé
compte à M. Cole des paroles qu'il avait
prononcées, quoique aucune d'elles ne pût
dire quelles étaient ces paroles.

Les amies de miss Germaine furent les
premières à déplorer qu'elle fût mariée à un
individu qui avait si peu l'esprit et les manières d'un homme de qualité.

Leur pitié devenait plus forte à mesure
qu'elles y pensaient davantage ou qu'elles
en parlaient beaucoup plus.

Enfin une vieille dame, — qui se donnait
pour amie intime de miss Germaine, —

sans intention mauvaise et dans la chaleur
de la conversation, dit un mot qui en amena
un autre et finit par dévoiler le mystère qui
faisait le scandale de tous les commérages
du pays.

Miss Germaine, — piquée dans son
orgueil et malgré le peu d'affection qu'elle
ressentait pour son mari, — devait repous-
ser avec horreur l'idée du duel, et cependant elle en devint la cause.

Dans leurs fréquentes querelles domestiques, sa langue ne connaissait pas de frein.

Il y a des moments, paraît-il, où la
malice des maris et des femmes surpasse la
haine de l'ennemi le plus mortel.

Dans un de ses moments, — pour se ven-
ger des reproches qu'il lui faisait, — elle ne
sut pas retenir sa langue, et lui dit avec
emportement qu'il était un lâche et qu'il
n'oserait en dire autant à un homme.

— Il avait bien, ajouta-t-elle, prouvé
qu'il était un lâche, car il était devenu la
fable et la risée du pays. Même les femmes
avaient honte de sa lâcheté.

Quelque surprenant que ceci paraisse à ceux qui ne sont pas familiers avec ces querelles entre mari et femme, il n'est que trop certain qu'elles ont presque toujours produit des effets désastreux.

L'agitation d'esprit qui s'empara de Miss Germaine, au souvenir de ses paroles ; ses vains efforts pour se prouver à elle-même qu'elle avait été provoquée trop fortement et qu'elle ne pouvait dire moins ; l'effet soudain qu'elle vit produit sur son mari par ses propos : tout cela ne fut qu'une partie du châtiment qui suit toujours ces odieuses disputes.

Charles, ou plutôt M. Germaine, la regarda d'un œil sauvage ; son visage exprimait la stupéfaction et la rage. Il ne dit pas un mot ; il se leva et prit violemment son chapeau.

Frappée d'une terreur panique, mistress Maud comprit qu'elle était allée trop loin ; elle jeta un cri d'épouvante, courut après lui et l'arrêta par son habit. Elle protesta de toutes ses forces que ce qu'elle avait dit n'était pas vrai.

Le regard qu'il lui lança ne peut se décrire.

Il la repoussa rudement et se précipita en courant hors de la maison.

Tout le jour et toute la nuit mistress Germaine n'en eut pas de nouvelles.

Sur le matin, le malheureux Charles fut rapporté à la maison, accompagné d'un chirurgien et, dans la voiture d'un gentleman qui lui avait servi de second. Il était dangereusement blessé.

Le pauvre mari dut garder le lit pendant six semaines. Les doutes et les craintes que le chirurgien exprima, dans le premier moment, pour sa vie, arrachèrent à sa femme de sincères regrets.

Mais quand il fut guéri, les querelles recommencèrent et leur manière de vivre revint peu à peu ce qu'elle était auparavant.

Ce duel ne lui rendit pas sa réputation.

On disait même malignement qu'il n'a-

vait ni le courage d'affronter un homme ni
la force de dominer une femme.

Miss Germaine en vint à haïr son mari
en le voyant devenu la risée de tous ses
voisins de campagne.

Cependant, elle se consolait en pensant
qu'on ignorait encore qu'il eût été intéressé
dans une manufacture de coton.

Hélas! le fatal moment arriva où elle
perdit sa dernière espérance.

Aussitôt que M. Germaine fut guéri de
ses blessures, elle donna un magnifique
bal auquel toute la noblesse du pays fut
invitée; et, d'accord avec ses amies elle en
fixa le jour.

Plus les Germaine attachaient d'importance au succès, plus leur anxiété était
grande, et plus leurs ennemis travaillèrent
à leur mortification.

Toutes les jeunes dames qui détestaient
miss Maud — à cause des airs importants
qu'elle se donnait aux réunions du pays —
se liguèrent pour empêcher qu'on acceptât
l'invitation.

3

Toutes celles qu'elle avait éclipsée, par la toilette et les équipages, prétendirent qu'elles ne pouvaient conserver de relations avec des gens si riches et que, pour leur part, elle se faisaient une règle de ne pas accepter de fête qu'elles étaient dans l'impuissance de rendre.

Quelques personnes influentes de la contrée firent douter de leur détermination et se laissèrent assiéger de lettres et de billets, en donnant à espérer que leurs rhumes, leurs migraines iraient mieux, et qu'ils pourraient venir le quinze du mois, qui était le jour fixé.

Quand les rhumes et les migraines ne purent durer plus longtemps, ces gens ingénieux trouvèrent de nouveaux prétextes pour décliner l'honneur de se rendre à l'aimable invitation de Miss Germaine. Quelques-uns eurent recours à l'état des routes, d'autres, non moins ingénieux, mirent leur refus sur le compte de la lune.

Dans la matinée, des lettres arrivèrent portant des excuses (page 52)

CHAPITRE V

SCÈNES INTIMES

Miss Germaine, — dont l'orgueil était forcé de faire toutes sortes de concessions, — changea la nuit du quinze pour celle du vingt, afin de permettre à la lune, d'être dans son plein. Et pourtant, elle avait, plus d'une fois, vu ceux qui réclamaient faire neuf milles en sortant du bal par la nuit la plus noire, et cela sans aucune crainte ou aucune plainte de leur part.

M. Germaine, de son côté, fit réparer à ses frais quelques parties de la route qui étaient des obstacles pour la délicatesse des autres.

Quand tout fut accompli, les hauts personnages du pays daignèrent promettre qu'ils se rendraient, le vingt, chez M. et Miss Germaine.

Les Germaine, triomphants, s'empressèrent d'envoyer des billets d'invitation; mais leur triomphe fut de courte durée.

Avec tous les raffinements de la cruauté, on avait donné des espérances qu'on n'avait pas l'intention de réaliser.

Dans la matinée, l'après-midi et la nuit du vingt, des lettres arrivèrent portant des excuses pour un engagement que l'on ne pouvait tenir.

A peine une lettre était-elle brûlée qu'il en arrivait une autre.

Miss Germaine, hors d'elle-même de

Germaine fit réparer à ses frais quelques parties de la route (page 52)

tant d'humiliation, n'épargna pas son mari dans ce cruel moment.

L'arrivée de quelques personnes, interrompit cette violente et regrettable dispute entre le mari et la femme.

Le bal, — comme on le pense, — eut peu d'entrain. Les invités paraissaient avoir plus envie de bâiller que de danser.

A souper, la table n'était pas à moitié pleine; et, la profusion avec laquelle elle était servie avait quelque chose de triste et de décourageant.

Tout était monté sur une grande échelle : les vases de fleurs, les pyramides, les arcs de triomphe, auraient suffi pour dix fois autant de monde.

Les plus indifférents même ne pouvaient s'empêcher de comparer le peu de plaisir que l'on prenait, avec la dépense que l'on avait faite.

Quelques-uns se levèrent de table et dirent tout bas à leurs voisins, en leur montrant les plats à peine entamés :

— Quelle pitié! pauvre Miss Germaine! comme elle doit souffrir!

Le lendemain, une épître héroï-comique en vers, — supposée écrite par Miss Germaine à une de ses nobles parentes, et donnant le récit de son bal et de son désappointement, — fit son apparition; et, d'innombrables copies en furent prises.

Cette épître était écrite avec esprit et portait le cachet de la mauvaise humeur.

La bonne vieille dame, qui avait occasionné le duel, crut que son amitié pour Miss Germaine lui faisait un devoir de lui en donner connaissance; mais elle la pria de ne pas la communiquer à son mari, de peur d'un nouveau duel.

Miss Germaine, malgré ses efforts pour cacher son dépit, parut si mortifiée que les rieurs furent encouragés à continuer.

La semaine suivante, une ballade intitulée : « *Le manufacturier devenu gentleman* » lui fut mise sous les yeux par le même canal et avec le même succès.

M. et Miss Germaine, s'apercevant qu'ils

étaient devenus l'objet de la haine et de la
risée de tout le monde, résolurent de `quit-
ter le pays.

Germaine-park fut abandonné ; on acheta
une maison à Londres ; et, pendant une
saison ou deux, notre héros se donna le
plaisir des joies de la capitale, heureux de
se trouver enfin. dans la sphère après laquelle il avait tant et si longtemps soupiré.

Mais bientôt il s'aperçut que les personnes, qui, de loin, lui paraissaient dignes de
son admiration et de son envie, ne méri-
taient, vues de près, que son mépris ou sa
pitié.

Même en compagnie d'hommes justement honorables, il était souvent accablé
d'ennui, parce que, parmi les gens dont sa
femme encombrait sa maison, il cherchait
en vain un ami, il cherchait en vain William Darford.

Un soir, au Ranelagh, Charles entendit
le nom de William Darford prononcé par
une dame qui marchait derrière lui :

Il se retourna pour la regarder; mais

quoiqu'il eût une idée confuse de l'avoir
déjà vue, il ne put se rappeler où, et comment il l'avait rencontrée.

Il éprouva le désir de.lui parler pour
apprendre des nouvelles d'amis qu'il avait
négligés, mais non oubliés ; mais il ne
connaissait aucune des personnes avec qui
elle se promenait : il dut renoncer à son
dessein.

Quand cette dame sortit, il la suivit dans
l'espoir d'apprendre de ses domestiques qui
elle était ; mais elle n'avait ni domestiques
ni voiture.

Miss Germaine conclut promptement que
ce n'était pas une personne de grande
importance ; l'orgueilleuse créature défen-
dit à son mari de faire d'autres recherches.

— Je vous prie, M. Germaine, — lui dit-
elle, — de ne pas chercher à mes dépens à
satisfaire votre curiosité sur les Darford.
J'aurai bientôt sur les bras une foule de
gens du commun, si vous n'y prenez
garde.

Et comme Charles paraissait stupéfait :

— Les Darford, vous le savez, continua-t-elle impertubablement, ne sont pas de notre rang, et ne peuvent nous fréquenter surtout à la ville.

Cette observation produisit un effet momentané sur la vanité de M. Germaine.

Mais quelques jours après, il rencontra dans le parc la même dame accompagnée du vieux serviteur de M. William Darford.

Sans égard pour les représentations de sa femme, il suivit les suggestions de son cœur et arrêta le domestique pour lui faire, sur ses amis, des questions affectueuses et pleines d'intérêt.

Le domestique, — heureux de voir que Charles n'était pas devenu assez grand gentleman pour oublier ses amis, — devint très communicatif.

Il dit à M. Germaine que la dame qu'il accompagnait était miss Loke, gouvernante des enfants de William Darford, et qu'elle était venue passer quelques jours à Londres chez une de ses parentes qui avait manifesté de la voir.

Cette parente n'était ni riche ni élégante, aussi ce fut en vain que M. Germaine chercha à persuader à sa femme de faire quelques civilités à miss Loke pendant son séjour à la capitale.

Miss Germaine répéta ce qu'elle avait déjà dit :

— Les Darford, ne sont pas de notre rang.

Ce fut la seule réponse de la femme de l'ancien manufacturier.

Charles, cette fois, fut écœuré de l'entêtement et de l'orgueil de sa femme, et fit de fréquentes visites à miss Loke qui resta quinze jours à Londres.

Mais l'idée de ses amis, ravivée par ses conversations, s'éteignit peu à peu, et il continua son genre de vie; moins par inclination que par manque de force pour s'arrêter.

L'hiver se passait dans la dissipation; l'été, aux bains ou en visites chez des parents qui s'ennuyèrent de leurs compagnie et prirent peu de peine pour cacher leurs sentiments. Quand le bonheur ne se trouve pas à la maison, il est bien rare que l'on conserve sa dignité au-dehors. M. et miss Germaine ne purent jamais acquérir l'estime des autres ni d'eux-mêmes. Le mépris qu'ils avaient l'un pour l'autre, croissait tous les jours. Il n'appartient qu'à ceux qui sont condamnés à vivre avec des personnes qu'ils méprisent, de comprendre l'étendue de ce malheur.

Nous épargnons à nos lecteurs le détail de leurs chagrins domestiques.

Le spécimen que nous avons donné jusqu'ici suffit pour se former une idée de la manière dont ce couple infortuné vécut pendant douze longues années.

Dans cette période de temps, à peine se passa-t-il une heure, sans qu'ils se fissent des reproches mutuels.

Miss Maud ressemblait à maman; Charles était le portrait de papa
(page 65)

CHAPITRE VI

ENFANTS MAL ELEVÉS

Cependant l'orgueilleux couple avait des enfants.

Les enfants sont toujours le lien le plus fort entre les parents; et, quelquefois, hélas! la cause la plus efficace de leur désunion.

Si les parents sont d'accord dans les

soins à donner aux enfants, ils y trouvent une sorte, toujours croissante, de plaisir.

Mais si le père contredit la mère, ou si la mère contrecarre le père ; s'ils ne peuvent obéir ou faire des caresses à l'un sans déplaire à l'autre, ils ne deviennent que de misérables petits hypocrites ou de détestables petits tyrans.

M. et Miss Germaine avaient un fils et une fille.

Dès le moment de leur naissance, ces pauvres enfants devinrent des sujets de discorde et de jalousie.

Les nourrices étaient obligées de décider lequel ressemblait le plus au père ou à la mère. Deux nourrices perdirent leur place en donnant, — d'après l'opinion de Miss Germaine, — une décision erronnée sur cette importante matière.

Souvent, l'étranger, — qui venait rendre visite à la famille, — était obligé de subir une foule de questions et d'examiner, à l'ouverture des lèvres, où à la forme de la tête, si c'était le portrait du père ou celui de la mère.

Enfin, il fut établi que miss Maud ressemblait à la maman, et maître Charles était le portrait frappant du papa. Miss Maud, en conséquence, devint sans défauts aux yeux de sa mère ; et maître Charles fut le favori mutin de son père.

Une comparaison entre les traits, les gestes et les manières s'établissait à tout propos et finissait par des injures d'un côté ou de l'autre.

Quand ils gorgeaient ces enfants de mets sucrés, ou qu'ils leur brûlaient l'estomac avec du vin, les parents avaient les mêmes vues égoïstes.

La mère, — avant de donner quelques friandise à sa fille, — lui faisait dire qu'elle aimait mieux maman ; et le père, — avant de laisser le petit Charles porter à ses lèvres le verre de vin, — l'obligeait à dire qu'il aimait mieuxpapa.

Dans toutes leurs querelles enfantines, Maud courait se plaindre à sa mère et

Charles allait pleurer près de son père.

Comme l'intérêt des enfants dépendait de cette question, il fut promptement découvert qui, dans la maison, avait la haute main.

M. Germaine perdit toute influence sur son fils, dès que celui-ci fut pleinement convaincu que sa sœur, en se tenant du côté de sa mère, avait une large provision de bonnes choses.

L'enfant se voyait sans cesse rebuté par les nourrices qui tenaient pour leur dame; et, il tâcha de trouver grâce à leurs yeux, en disant le contraire de ce qu'il avait dit en faveur de son père :

— Ce n'est pas papa que j'aime le mieux, aujourd'hui, c'est maman.

— Oui, Maître, mais il faut que vous aimiez mieux maman tous les jours, ou vous n'auriez rien.

Par de tels principes de la part des nourrices, ces enfants apprirent la dissimulation, le mensonge, l'envie et la jalousie.

Leur caractère eut tous les défauts qui

pouvaient les rendre insupportables à eux-mêmes et odieux aux autres.

Ceux qui ont vécu avec des enfants gâtés peuvent savoir les tourments qu'ils donnent à ceux qui les entourent.

Ces plaies domestiques deviennent de plus en plus nuisibles.

Plus d'une fois, on entendit Miss Germaine dire, dans l'amertume de son cœur, qu'elle voudrait n'avoir pas d'enfants.

Les enfants sont une agréable chose à trois ans, mais ils deviennent des fléaux à six, et sont tout à fait insupportables à dix.

Les écoles, les précepteurs, les gouvernantes se succédèrent à l'infini; mais ces changements capricieux ne servirent qu'à les rendre encore moins gouvernables.

Enfin, leur réputation était si bien faite, que personne ne voulait les voir.

Un été, miss Germaine, se préparait à une visite chez Lady Mary Crawley, et la voiture était à la porte tout attelée.

En ce moment, un exprès arriva avec une

lettre, qui disait que ni miss Maud, ni
maître Charles, ne pouvaitent, cette année,
être de la partie.

Lady Mary déclarait que l'été dernier,
elle avait tellement souffert de leur va-
carme, de leurs querelles, de leurs caprices
et de leur mauvais caractère, qu'elle ne
voulait plus se soumettre à une pareille
épreuve; et que, si les nerfs de leur mère
étaient assez forts pour pouvoir y résister,
les siens en étaient bien incapables.

De plus, elle ne pouvait, en toute justice et par politesse pour les amis qu'elle
recevait chez elle, les exposer à de tels
tourments, et changer toutes les habitudes
d'ordre et de tranquillité de la maison.

Lady Mary Crawley n'hésita pas à
s'exprimer de la sorte parce qu'elle eût été
heureuse qu'on s'en crût offensé et que
Miss Germaine renonçât pour elle-même
et pour son mari à cette visite qui était
devenue, dans le sens le plus mauvais du
mot, un long séjour.

Mais à quoi la fierté de certaines gens ne
se soumet-elle pas?

Plutôt que de revenir sur sa résolution,
et de passer un autre été dans sa propre
campagne, miss Germaine obéit à toute
les exigences hautaines de ses parents du
Leicestershire; et, elle continua à leur imposer des visites qu'elle savait vues du
mauvais œil.

Mais que faire des enfants?

La première chose qui lui vint à l'esprit
fut d'adresser d'amers reproches à son
mari.

— Vous voyez, M. Germaine, l'effet de
la jolie éducation que vous donnez à votre
fils. Je suis sûre que s'il n'était pas venu
avec nous l'été dernier dans le Leicestershire, ma petite Maud qui est la sagesse
incarnée n'aurait pas ennuyé Lady Mary.

— Au contraire, ma chère, j'ai entendu
Lady Mary, elle-même, dire vingt fois que
Charles est le meilleur des deux. Je suis
persuadé que si Maud fût restée ici, mon
fils serait devenu le favori de cette dame.

—Vous faites erreur, je vous l'assure,
mon ami ; vous savez bien que vous n'êtes
pas vous-même beaucoup en faveur auprès
de Lady Mary, et je l'ai entendue dire souvent que Charles est votre image.

— Il est vraiment extraordinaire que
tous vos parents nous montrent si peu
d'égards. Ils ne paraissent pas avoir beaucoup de considération pour vous.

— Ils ont assez de considération pour
moi et n'ont cessé de m'en donner des
preuves. Mais depuis quelque temps, je
l'avoue, les choses ont bien changé. Ils ne
m'ont jamais bien vue depuis mon mariage ; et, tout bien considéré, je ne puis les
en blâmer.

M. Germaine salua ironiquement comme
pour remercier sa femme de ce singulier
compliment.

Mistress Germaine le pria de ne pas
saluer, s'il était possible, comme un homme
qui a toujours vécu, — cela n'était que trop
visible, — derrière un comptoir.

Il répliqua qu'elle avait raison ; et, que

par politesse, il devait se soumettre sans
réserve aux réprimandes d'une femme que
bien des personnes prenaient pour sa
mère.

A la fin, quand ils eurent épuisé tout
le répertoire des reproches que leur anti-
pathie mutuelle leur suggérait, ils revin-
rent à la grande affaire du jour, et à la
question dont ils auraient beaucoup mieux
fait de ne pas s'écarter.

— Mais enfin, que ferons-nous des
enfants pendant que nous irons chez Lady
Mary Crawley?

Le plus jeune des fils de William grimpa sur ses genoux (page 78)

CHAPITRE VII

UN INTÉRIEUR HEUREUX

Laissons pour le moment le couple mal assorti à ses embarras, et reposons-nous en jetant les yeux sur une famille heureuse : la famille de M. William Darford, où il n'y a ni désaccord d'opinions, de goûts et d'humeurs, ni aucun de ces maux qui viennent

73

4

souvent du désappointement, et souvent
aussi de l'orgueil satisfait.

M. Darford réussissait au-delà de ses
espérances dans la conduite de ses affaires.

La richesse abondait chez lui ; mais il
considérait la richesse en vrai philosophe,
comme ce qui peut procurer le bonheur.

Il n'était ni prodigue, ni avare. Il n'é-
prouva jamais la moindre ambition de
s'élever au-dessus de son rang. Il ne chercha jamais à se faire admettre dans les
sociétés d'une sphère prétendue supérieure
en donnant des fêtes à grands frais et avec
ostentation.

Il avait le sentiment de sa propre valeur,
et s'attirait une sorte de respect bien différent de celui qu'on rend à une belle livrée
et à un équipage vernis.

La fermeté de son caractère, cependant,
ne s'alliait pas à la sévérité. Il savait pardonner, dans les autres, les faiblesses et
les fautes dont il était lui-même exempt.

Quoique son cousin fût d'un tout autre
caractère, et, quoique depuis son mariage,

Miss Maud et son frère mirent à une rude épreuve la patience de
miss Loke (page 84)

M. Germaine eût négligé ses anciens amis,
William éprouvait plus de compassion
pour son malheur, que de ressentiment
pour ses travers.

Au milieu de sa famille, William disait
souvent :

— Je voudrais bien que Charles fût aussi
heureux que nous !

Fort souvent, dans ses lettres à ses correspondants de Londres, il les priait de lui
donner des nouvelles de M. Germaine qu'il
aurait tant voulu savoir heureux !

Pendant quelque temps, il n'entendit
parler que des extravagances de Charles et
des fêtes données par mistress Germaine
à de beaux Messieurs et à de belles dames
qui, dans bien des circonstances, ne lui
ménageaient pas les humiliations.

Mais peu d'années après, ces mêmes
correspondants lui dirent que M. Germaine
commençait à être à court d'argent et que
c'était une situation qu'il avait cachée à
sa femme avec autant de soin que celle-
ci mettait à lui cacher, elle-même, ses

nombreuses et importantes pertes au jeu.

M. Darford apprit aussi, d'un de ses correspondants dont la femme était amie intime de miss Germaine, que celle-ci vivait en fort mauvais termes avec son mari et que, dans un pareil milieu, leurs enfants étaient grandement gâtés par la mauvaise éducation et les mauvais exemples qu'ils avaient constamment sous les yeux.

Ces renseignements donnaient beaucoup d'inquiétude à William; car, loin de triompher de l'accomplissement de ses prédictions, il n'en parlait jamais même à sa famille.

Toutes ses pensées roulaient sur les moyens à prendre pour avoir la possibilité d'intervenir à propos et de sauver Charles de l'adversité qui lui était fatalement réservée.

Un jour que le bon William prenait le thé en compagnie de sa joyeuse famille, son fils le plus jeune grimpa sur ses genoux et lui dit :

— Papa, qu'est-ce qui vous faisait soupirer ce soir? vous n'êtes pas gai comme d'habitude. Qu'est-ce qui vous donne du chagrin?

— Mon cher petit enfant, lui dit son père, je pensais à une lettre que j'ai reçue aujourd'hui de Londres et dont le contenu m'a fait beaucoup de peine.

— Je voudrais, cher papa, que ces lettres ne vinsent jamais, car elles ne manquent jamais de vous rendre triste et de vous faire soupirer.

— Maman, reprit l'enfant, pourquoi ne dites-vous pas aux domestiques de ne pas remettre ces lettres à papa? Mais que vous disait donc cette lettre, cher papa, pour vous rendre si triste ! Est-il indiscret de vous le demander?

— Mon ami, dit le bon M. Darford, — souriant à la simplicité de l'enfant, — cette lettre, me disait que votre pet't cousin Charles, n'est pas tout à fait aussi bon garçon que vous.

— Alors, papa, je vais vous dire ce qu'il faut faire : envoyez miss Loke à mon petit cousin Charles et vous pouvez être sûr qu'elle le rendra bon.

— Je crois bien qu'elle y parviendrait, reprit le père en riant; mais, mon cher enfant, je ne puis envoyer ainsi miss Loke, et, je crains même qu'elle ne veuille pas y aller. De plus, nous aurions du chagrin de nous séparer d'elle.

— Mais, papa, si vous envoyiez chercher mon cousin Charles, miss Loke en prendrait soin ici et de cette façon, elle ne nous quitterait pas tout en s'occupant de le rendre meilleur.

— Elle pourrait en prendre soin, c'est vrai; mais le voudrait-elle? Si vous pouvez l'engager à le faire, j'enverrai chercher votre cousin.

La proposition, quoique faite en riant, fut acceptée sérieusement par miss Loke; et cela, d'autant plus volontiers qu'elle se rappelait avec reconnaissances les attentions que M. Germaine avait eues pour elle, quelques années auparavant, lorsqu'elle avait rendu visite à une de ses pauvres parentes de Londres.

M. Darford écrivit donc immédiatement pour inviter les enfants de son cousin à venir chez lui l'assurant qu'ils y seraient traités comme les siens.

Cette invitation fut acceptée avec joie, car elle arriva le jour même où M. et Miss Germaine étaient si embarrassés par le refus de Mary Crawley, d'admettre chez elle leur turbulente progéniture.

Miss Germaine ne fut pas assez fière pour refuser d'accepter un service de la part de ceux qu'elle n'avait jamais voulu regarder, je ne dis pas comme des parents ; mais, simplement comme des amis, puisqu'ils n'étaient pas de son rang.

Elle envoya sans plus tarder ses enfants à monsieur Darford ; et la bonne miss Loke s'occupa d'eux.

Ce n'était pas, — le lecteur le comprendra sans peine, — une tâche facile et agréable ; mais elle devait de grandes obligations à M. Darford et elle fut heureuse de trouver l'occasion de lui témoigner sa reconnaissance.

Miss Loke était cette jeune personne qui, on s'en souvient, peignait le bel iris objet de l'admiration de Charles et de miss Maud Germaine, lors de la visite que l'on avait faite aux ateliers de porcelaine treize ou quatorze ans auparavant.

A cette époque, la courageuse Miss Loke était maladive et se trouvait dans une grande détresse.

Son père avait fait de mauvaises affaires ; et, pour gagner son pain et celui de ses sœurs, la jeune fille avait été obligée de travailler plus rudement que sa santé et ses forces ne le lui permettaient.

Probablement elle aurait succombé sous le poids de ses travaux excessifs, si elle n'eût été sauvée par l'humanité de monsieur Darford.

Chez lui, la compassion n'était pas un sentiment passager et sans effet, ni un sujet de sentimentale ostentation ; elle était tou-

jours suivie des mesures les plus propres à
soulager ceux qui en étaient l'objet.

Heureusement pour lui, il était marié à
une femme qui sympathisait à tous ses
généreux sentiments et qui n'avait pas de
plus grande joie que de l'aider dans toutes
ses bonnes actions.

Miss Darford, — après avoir pris tous les
renseignements nécessaires sur l'exacti-
titude de l'histoire et du caractère de la
jeune fille, — fut si satisfaite de ce qu'elle
entendit dire de son mérite — et si tou-
chée de ses infortunes — qu'elle la prit
chez elle pour enseigner la peinture à ses
filles.

Elle savait bien que le sentiment de la
dépendance est le plus rude à supporter;
aussi, elle eut soin de délivrer de ce sentiment pénible la personne qu'elle obligeait
en lui fournissant sans cesse l'occasion
d'être utile à ses bienfaiteurs.

Miss Loke recouvra bientôt la santé;
et, de sa propre initiative, elle comprit
qu'elle serait bien utile à la famille en

instruisant les enfants dans les moments de loisir que lui laissait la peinture.

Avec une ardente persévérance, elle se mit à l'étude pour devenir capable d'être leur institutrice.

D'année en année, la jeune femme poursuivit l'exécution de ce plan, et fut récompensée par l'estime et l'affection de l'heureuse famille dans laquelle elle se trouvait et qui la traitait en amie.

Mais malgré la grande habileté de miss Loke, elle n'avait pas le pouvoir magique attribué dans les romans à certains caractères.

Elle ne pouvait instantanément opérer une réforme radicale.

Les habitudes des enfants gâtés ne cèdent pas sans l'aide du temps, aux efforts des maîtres les plus capables et les plus dévoués.

Miss Maud et son frère avaient un naturel qui mit à une rude épreuve la patience de miss Loke.

— Cependant, peu à peu, elle acquit de

l'influence sur l'esprit volontaire de ses turbulents élèves.

Elle mit la plus grande adresse à déraciner la jalousie réciproque du frère et de la sœur.

Ils s'aperçurent qu'ils étaient traités avec la plus stricte impartialité, et commencèrent à vivre ensemble avec plus d'accord que par le passé.

Le malheureux se détourna pour cacher ses pleurs (page 89)

CHAPITRE VIII

EXPLICATIONS PÉNIBLES

Les parents accordèrent sans peine le temps nécessaire à miss Loke; ils étaient trop heureux d'être débarrassés de leurs enfants.

Huit mois se passèrent, et on n'eut aucune nouvelle de M. et de Miss Germaine.

On apprit seulement qu'ils continuaient leurs folies et leur dissipation, et qu'ils commençaient à se trouver dans la gêne.

Enfin, M. Darford reçut une lettre qui lui apprenait qu'une exécution allait être faite sur la belle maison de M. Germaine à Londres, et que lui et sa famille étaient dans la détresse la plus grande et l'affliction la plus profonde.

William, aussitôt, courut à Londres.

On refusa de l'admettre auprès de Germaine, et le portier, avec un air de mystère, lui dit que son maître était malade et ne voulait recevoir personne.

Mais, William força la consigne et s'élança dans l'escalier.

En le voyant entrer, Charles se recula en s'écriant :

— Puis-je en croire mes yeux ! William, c'est vous !

— Oui, c'est votre cousin William, votre vieil ami William, dit M. Darford en l'embrassant avec amitié.

L'orgueil et la honte luttaient dans le cœur de Charles.

Le malheureux se détourna pour cacher les pleurs, qui, dans le premier moment de son émotion, coulaient de ses yeux ; il alla à l'autre bout de la chambre chercher un fauteuil pour son cousin ; et, le lui présentant avec une cérémonie maladroite, il lui dit :

— Ne voulez-vous pas vous asseoir, cousin Darford : Miss Germaine et moi, nous vous devons beaucoup de reconnaissance à vous et à Miss Darford, pour les bontés que vous avez eues pour nos enfants. J'allais justement vous écrire à leur sujet... Mais en ce moment, vous pouvez le voir, tout est ici sens dessus dessous. Je suis vraiment tout honteux... Je ne m'attendais pas... Pourquoi aussi ne nous avez-vous pas plus tôt honorés de votre visite? Vous n'avez pu certainement choisir un plus mauvais moment... pour vous, du moins.

— S'il est heureux pour vous, mon cher Charles, répliqua William avec douceur, ce sera aussi pour moi, le plus heureux moment que j'aie pu choisir.

Vaincu par cette réponse et le ton de William, notre héros fondit en larmes; il prit la main de son ami sans pouvoir dire un mot.

Revenu à lui, après quelques instants, il dit :

— Vous êtes trop bon, cousin William, vous l'avez toujours été. Je pensais que vous étiez venu ici par hasard; je ne pensais pas que vous fussiez venu avec le dessein de m'aider dans ce moment de détresse... d'embarras, dois-je dire, car en vérité ce n'est qu'un moment d'embarras.

— Je suis heureux qu'il en soit ainsi. Mais parlez-moi franchement, Charles; ne cachez pas à votre meilleur ami l'état de vos affaires. Ceci n'aurait d'autre effet que de vous plonger dans une ruine inévitable.

Charles se tut quelques instants.

— La vérité, mon cher William, ajouta-t-il, est qu'il y a dans cette affaire des cir-

constances qui, à mon grand regret pourraient être portées aux oreilles de Miss
Germaine ou de quelqu'une de ces mau-
dites parentes. Si, une fois elles en ont connaissance, je n'aurai plus une minute de
paix pendant le reste de ma vie. Il est vrai
que pour la paix, je ne puis me vanter d'en
avoir beaucoup en ce moment; mais il
serait dangereux, très dangereux que la
vérité s'ébruitât. A vous cependant, je puis
bien le dire, quoique dans votre manière
de vivre, vous croyiez devoir le trouver
mauvais; mais vous êtes si indulgent...

William écoutait toujours, sans comprendre où tendait ce préambule.

— En premier lieu, ajouta Charles, vous
savez que Miss Germaine est de dix ans plus
âgée que moi.

— Six ans seulement, mon ami, c'est,
du moins je pense, ce que vous m'avez dit
autrefois.

— Je vous demande pardon, dix, dix et
quelques mois. Si je vous ai dit six, c'était
avant notre mariage, quand je n'en savais

pas davantage. Elle en avoue sept; ses
parents disent huit, et moi je dis dix, sans
exagérer.

— Eh bien! mettons dix, puisque vous le
voulez.

— Je serais bien heureux s'il pouvait en
être autrement, car il n'est pas fort agréable
pour moi d'être le jouet de la moitié des
jeunes élégants de la capitale, pour m'être
marié à une femme assez âgée pour être
ma mère.

— Pas tout à fait assez vieille pour être
votre mère, dit William d'un ton conci-
liant. Ces jeunes élégants ne sont pas bons
calculateurs. Miss Germaine ne pourrait
pas être votre mère, mon ami. D'après
vous, il n'y a que dix ans de différence entre
vous deux.

— Oh! ce n'est pas tout. Ce qui est pire
encore c'est que miss Germaine, grâce à la
vie dissipée qu'elle mène, au jeu et aux
chagrins, paraît bien de dix ans plus vieille
qu'elle n'est. De sorte que, vous le voyez,

il y a réellement vingt ans de différence
entre nous deux.

— Je ne le vois pas du tout, reprit William en souriant. Mais je veux croire ce
que vous dites. Laissez-moi vous demander où tend cette discussion sur l'âge de la
pauvre Miss Germaine.

— A justifier le pauvre M. Germaine de
chercher au-dehors la paix et le bonheur
qu'il ne peut trouver à son foyer.

— Peut-être que sa femme lui donnerait
la paix et le bonheur qu'il cherche au-dehors, si elle-même avait vraiment l'affection de son mari.

— L'affection! oh! Seigneur! L'affection
n'est pas en jeu. Miss Germaine se soucie
fort peu de mon affection.

— Et vous craignez qu'elle entende parler des divertissements que vous prenez
loin d'elle?

— Non, vous ne voyez pas où j'en
veux venir; vous ne savez pas comment
elle s'en servirait contre moi. Elle n'a pas
pour moi plus d'affection que cette table.

Elle est d'une irritabilité incroyable. Elle ameuterait contre moi tous ses parents, mettrait de son côté tout le monde en jetant les hauts cris sur mes dépenses et mes pertes. Alors je ne serais bon qu'à être jeté au feu, comme le plus mauvais mari qui soit sur la terre. J'en rirais peut-être, parce que j'aurais pour moi tous ceux avec qui j'ai partagé mes plaisirs et ceux qu'elle a froissés autrefois par son orgueil. Mais Miss Germaine publierait partout les sommes que j'ai perdues au jeu, à la bourse, dans les paris ; elle les comparerait à ses dettes à elle, et je ne pourrais plus rien obtenir. Quand je voudrais lui reprocher une chose, elle m'en jetterait une autre à la face. Ses fureurs déjà si grandes ne connaîtraient plus de bornes. Ni vous, ni personne sur la terre voyez-vous ne peut se faire une idée du caractère de Miss Germaine. Il n'y a que moi qui la connaisse. Elle est — à vous, mon cher ami, je vous le dis pour décharger mon cœur, — elle est sans exception, la plus fière, la plus acariâtre, la plus égoïste, la plus déraisonnable, la plus extravagante, la plus tyrannique, la plus insensible de toutes les femmes de la chrétienté.

— De la chrétienté ! oh ! vous exagérez quelque peu, Charles.

— Exagérer ! Certes je n'exagère pas, la moindre des choses Elle est tout ce que j'ai dit, et même, vous pouvez m'en croire, elle est davantage encore.

— D'avantage : c'est impossible. Allons, je vois ce que c'est : vous avez eu quelque dispute ensemble ; vous avez pris de l'humeur ; et, comme les gens qui ont de l'humeur, vous en dites plus de mal que vous n'en pensez.

— Non, du tout, je vous le promets, William, je suis aussi calme que vous. Vous ne connaissez pas Miss Germaine aussi bien que moi.

— Moi, je sais seulement que c'est une femme à plaindre si son mari à sur elle une plus mauvaise opinion qu'une autre personne n'oserait en montrer.

— C'est précisément parce que je suis son mari, que je la connais mieux que personne. Ne dois-je pas être le meilleur juge de ce qui regarde ma femme? A la vérité, je ne m'attendais guère, cousin William, que vous prendriez sa défense. Je me souviens pourtant qu'elle ne vous plaisait guère. Avant mon mariage, vous avez même fait tous vos efforts pour m'en détourner; et aujourd'hui vous devenez son avocat, et en ma présence vous prenez son parti contre moi. Je n'y comprends rien mon cher William.

—Je ne prends point son parti contre vous, mon cher Charles, je cherche seulement à rétablir le bon accord entre votre femme et vous. Je ne suis pas assez égoïste pour désirer vous prouver aux dépens de votre bonheur domestique, que j'avais autrefois raison en cherchant à vous détourner de ce mariage. Je voudrais de tout mon cœur, aujourd'hui que vous y trouviez le bonheur; et je suppose que vous devriez avoir le même désir que moi.

— Ah! cousin William, il vous est facile de dire que je devrais trouver le bonheur dans mon mariage, vous qui avez la meilleure femme du monde. Je voudrais que vous fussiez forcé de passer un mois avec Miss Germaine.

William sourit et sembla dire :

— Je ne saurais me joindre à ce désir.

Elle tomba en proie à une violente attaque de nerfs (page 107)

CHAPITRE IX

TOUS DEUX COUPABLES

William semblait deviner, maintenant, où Charles voulait en venir. Celui-ci, qui avait remarqué le sourire de son cousin, continua :

— De plus, et pour vous ouvrir entièrement mon cœur, je veux attirer votre pitié sur un autre sujet. Ma femme n'est pas mon seul fléau. Les plaisirs que je me donne me causent autant de tourment que ma femme elle-même.

— Ah! fit William étonné, et comment cela?

— Ne trouvant pas le bonheur chez moi, je l'ai cherché au dehors, je me suis lié avec toutes sorte de gens, surtout avec des personnes qui, n'ayant rien, ni profession ni fortune, vivent toujours dans l'abondance. Ils m'ont entraîné ; je les ai suivis dans les cafés, dans leurs clubs, dans leurs sociétés, dans leurs fêtes qu'ils ont toujours eu le talent de me faire payer. J'ai joué, j'ai gagné, puis perdu, puis gagné de nouveau. Enfin, tantôt gagnant, tantôt perdant, j'ai toujours été leur dupe. J'ai parié sur ceci ou sur cela et toujours ou presque toujours les paris m'ont été contraires. Je suis entré à la Bourse. D'abord, j'ai eu du bonheur ; mais dernièrement, ayant cru à la hausse, ai aventuré de fortes sommes ; j'ai acheté beaucoup d'actions. La baisse est arrivée,

Enfin, tantôt gagnant, tantôtperdant, j'ai toujours été leur dupe
(page 100)

je me suis trouvé à découvert d'une somme importante. J'ai payé ce que j'ai pu et j'ai fait un billet pour le reste qui montait à deux cents guinées. Le billet est venu à échéance; je n'avais pas de fonds et une exécution doit se faire sur ma maison.

— Comment, Charles, pour deux cents guinées? Et vous ne pouvez trouver cet argent?

— Non, cousin, je n'ai pas un farthing, et j'attends la rentrée de nos rentes. Voilà des masses de comptes. L'agent qui fait nos affaires, — Dieu sait comment, à Germaine-park, — dit que les fermiers s'en vont, que nous lui devons, je ne sais combien, et que nous sommes forcés de vendre. Mais si nous vendons dans un moment de gêne, notre détresse deviendra publique; nous ne retirerons rien de notre terre et nous serons ruinés.

Et, continuant à vouloir rejeter tous les torts sur sa femme, Charles poursuivit en s'animant :

— Tout cela vient de l'orgueil et de

l'entêtement de Miss Germaine. Voilà dix
ans qu'on n'a pu lui persuader d'aller
passer quelques jours à Germaine-park,
parce que les gens du Northamptonshire
lui ont fait affront. De la sorte, nos affaires
sont faites au gré de l'agent qui est un
gredin, j'en suis convaincu, car il nous
écrit sans cesse que nous lui devons de
l'argent.

— Mais, en vérité, mon cher William,
reprit-il d'un ton plus calme, vous êtes
trop bon de vous intéresser à mes affaires,
car je dois me reprocher de n'en avoir pas
bien agi envers vous.

— Ne parlez pas de cela, maintenant,
ne parlez pas de cela, Charles, interrompit
M. Darford. Je suis venu à Londres uni-
quement pour vous rendre tous les services
dont je serai capable. Je vous déchargerai
de votre obligation à une condition.

— A la condition qu'il vous plaira! s'é-
cria Charles. Je vous donnerai ma signature; je vous donnerai hypothèque sur le
domaine de Germaine-park.

— Je ne demande pas d'hypothèque ; je
ne veux pas de votre signature, Charles. Je
ne demande qu'une condition, absolument
nécessaire à votre bonheur. Promettez-
moi de rompre avec votre genre de vie et
avec vos perfides amis.

— Je vous le promets d'autant plus
volontiers que je n'ai pas beaucoup d'inclination pour les plaisirs qu'ils m'ont pro-
curés. L'habitude, la paresse et je ne sais
quoi m'ont entraîné. Quand je ne savais que
faire de moi, — ou quand j'étais chassé de
ma maison par la mauvaise humeur de ma
femme, — je cherchais des distractions au
dehors. Mais vous pouvez y compter, William, je romps définitivement avec mes
habitudes et avec mes amis.

M. Darford saisit le moment où son
cousin était exalté par la reconnaissance,
pour lui dire quelques mots d'avis et pour
l'exhorter à l'économie.

— Vous savez, mon cher Charles, que
j'ai toujours été un homme franc, et mes
idées devront vous paraître tout à fait

absurdes à vous qui êtes habitué à vivre
avec des gens de goût et de luxe. Mais ces
appartements, ces meubles cette maison,
tout cela me paraît, à vrai dire, plutôt la
propriété d'un prince, que d'un homme de
votre condition.

— C'est vrai; mais Miss Germaine l'a
voulu. Je me déferai de tout cela avant
l'hiver prochain : je veux même en donner
avis tout de suite. Je veux vivre désormais
avec économie.

Les projets de M. Germaine pour l'économie furent interrompus par l'arrivée
soudaine de sa femme.

Les yeux brillants de fureur, elle traversa
la chambre avec la fierté et la colère d'une
reine de tragédie, s'assit sur un sofa et dit
d'une voix que la rage rendait tremblante :

— Je vous remercie, M. Germaine, pour
les choses obligeantes que depuis une heure
vous débitez sur mon compte. J'ai tout
entendu. Mais vous vous êtes mépris, si
vous avez cru que j'étais votre dupe. Vous
ne m'en avez jamais imposé. Je sais

depuis longtemps que je vous suis à charge
et je suis heureuse de l'avoir entendu confir-
mer de votre bouche. Mais je dois avouer
que je mérite tout cela. Je suis traitée avec
justice. Que j'ai donc été sotte, grand Dieu!
de me confier à vous! Il n'y a pas un
gentleman qui se serait comporté et qui
aurait parlé comme vous l'avez fait tout
à l'heure. Ne pouviez-vous, Monsieur, vous
contenter de nous ruiner, de ruiner votre
famille par vos profusions et vos goûts
dépravés, sans m'insulter encore par vos
réflexions sur mon caractère et vos calculs
sur mon âge? Il n'y a pas un gentleman,
vous dis-je encore, qui m'aurait traitée
comme vous l'avez fait. Je suis la plus
malheureuse des femmes!

La colère la suffoqua et l'empêcha de
continuer. Elle tomba à la renverse en
proie à une violente attaque de nerfs.

M. William Darford était terrifié de cette
scène. Le bras de la dame s'était allongé
par la force de la convulsion et il fut impossible de le replier.

Charles se tenait debout silencieux et confus.

Sa conscience lui faisait des reproches ; et, quoiqu'il n'aimât pas sa femme, il se disait qu'il l'avait rendue la plus malheureuse des créatures.

— Laissez-moi votre femme, Charles, dit l'excellent M. Darford. Je vais chercher à tout guérir.

Charles secoua la tête et sortit.

Miss Germaine revint peu à peu à elle. Elle jeta les yeux autour de la chambre et s'écria :

— Il a bien fait de s'éloigner. Oh ! si c'était seulement pour toujours ! Si nous ne nous étions jamais rencontrés ! Mais pourrai-je savoir pourquoi M. William Darford est ici ? Mes domestiques, mes filles de services auraient dû venir me donner des soins. Nous avons encore des domestiques, Monsieur ; et, quelque abaissée que je paraisse, je ne vois pas la nécessité d'exposer aux yeux de froids spectateurs notre détresse et nos querelles de famille.

— Croyez-moi, Madame, je ne suis pas un froid spectateur. Je ne désire pas rappeler des choses désagréables, mais obtenir le droit de vous parler en ami de vos affaires. Permettez-moi de vous dire que, dans le moment où j'étais loin de supposer que vous nous écoutiez, je défendais vos intérêts.

— En vérité, Monsieur, vous parliez si bas que je n'ai pu comprendre ce que vous disiez. Mon cœur était du reste trop froissé de ce que disait M. Germaine qui parlait assez haut, pour me permettre de faire attention à toute autre chose. Cependant je crois me souvenir que vous avez fait à M. Germaine l'offre de le délivrer de ses embarras actuels à la condition qu'il changerait de vie et qu'il romprait avec des amis que personne ne connaît... ou plutôt que l'on connaît trop.

— Et cela, Miss Germaine, n'est-ce pas une preuve que je désire votre bonheur?

— En vérité, M. Darford, je suis bien malheureuse! ayant vécu dans le monde depuis mon enfance, je n'attends d'ami-

tié de personne, et encore moins de gens
de calcul. J'ai été si cruellement déçue
quand je me suis confiée étourdiment à
l'affection d'un homme que j'ai élevé à
un rang qu'il ne connaissait pas, que je
dois vous demander pardon si je ne vous
remercie pas et si je ne puis voir aucune
marque d'intérêt pour mon bonheur dans
l'offre que vous avez faite. Je suppose
qu'en réalité vous serez mortifié de voir
votre cousin se ruiner par ses folies et ses
prodigalités. Je m'imagine qu'il serait
cruel pour vous de voir votre cousin en
prison. Vous savez que cela jette de la
déconsidération sur toute la famille, de
quelque part que ce malheur arrive. Votre
bonté pour nos enfants me fait voir que
vous nous regardez comme vos parents.
Tout homme a de la fierté pour sa famille,
dans quelque condition qu'il soit placé.

— J'avoue que j'ai beaucoup de vanité
pour ma famille, Madame, reprit M. Darford avec un sourire calme. Je suis fier,
par exemple, d'avoir maintenu et de pou-

voir maintenir dans une parfaite indépendance mes chers enfants et ma femme dont
le bon sens et la douceur font le charme de
mon existence.

Miss Germaine rougit, et se détourna
pour cacher le trouble de sa conscience.

Sa fille de service devint arrogante envers elle (page 121

CHAPITRE X

TRISTE DÉNOUEMENT

William eût regret d'avoir fait de la peine
à mistress Germaine; mais il vit que le
seul moyen de faire comprendre ses paroles était d'affirmer la supériorité réelle
du caractère qui ne s'allie guère avec les

113

sottes prétentions de l'orgueil et de l'amour-
propre.

— Vous avez la liberté, Miss Germaine,
— continua-t-il, après un moment de
silence embarrassant, — d'interpréter à
votre guise mes offres et mes actions. Mais
quand vous serez plus calme, vous verrez
que ni moi ni ma famille n'attendons rien
de la vôtre; pas même un salut de politesse
sur les places publiques, car nous n'y
allons jamais. Nous vivons retirés; nous
n'avons aucune liaison avec le beau monde;
nous conservons notre indépendance en
nous renfermant dans notre sphère et ne
désirant pas l'abandonner pour celles qui
passent pour être supérieures. Ce que vous
venez de dire me fait supposer que vous
vous êtes fait l'idée que, si nous avons
invités vos enfants à venir parmi nous, nous
avons espéré tirer quelque avantage de nos
relations. Mais vous vous êtes méprise : nos
enfants vivront comme nous; il n'auront
pas la pensée de former des relations avec
de grands personnages, parce qu'on leur a

appris que ces liaisons ne sont pas nécessaires au bonheur. Mais je n'ai pas l'habitude de parler si longuement de moi et des
miens ; je ne l'ai fait que pour vous faire
voir toute la vérité : ce n'était que pour
gagner votre confiance, et comme nous
n'avons ni l'un, ni l'autre de temps à
perdre...

— C'est vrai, dit Miss Germaine.

— Maintenant, Madame, j'ai à vous faire
une proposition, et j'espère que vous la
recevrez comme elle le mérite. M. Germaine m'a appris que vous avez joué.
N'auriez-vous pas quelques dettes ?

— M. Germaine n'en sait rien ; il ne doit
pas savoir à combien elles se montent, dit
Miss Germaine à voix basse, comme si
elle craignait d'être entendue.

— Si vous voulez m'en confier le secret,
je n'en ferai pas un mauvais usage.

Miss Germaine dit tout bas la somme.
Elle devait être considérable, car M. Darford se recula avec surprise. Quelques

minutes après, il parvint à se maîtriser et dit :

— C'est certes plus que je ne présumais, surtout après avoir entendu vos plaintes sur les prodigalités de M. Germaine; mais nous examinerons ce que l'on pourra faire. Depuis la dissolution de la société entre Charles et moi, mon application aux affaires ne s'est jamais ralentie, et cette circonstance, pour laquelle vous me méprisez, me donne le pouvoir de vous porter secours sans faire tort à ma famille. Je suis un homme qui parle franchement quoique avec rudesse. Vous allez me promettre de ne plus jouer de votre vie à aucun jeu de hasard. A cette condition, je payerai vos dettes sans retard.

Avec toute la promptitude d'une personne qui saisit une promesse trop généreuse pour être répétée, Miss Germaine promit tout ce qu'on lui demanda.

Ses dettes furent payées. . . . .

. . . .

Le bienfaiteur de cette famille avait

l'espoir que désormais M. et Miss Germaine vivraient avec plus de prudence et que, dès lors, il pourraient jouir de quelque bonheur.

Vain espoir, Charles aurait bien voulu diminuer ses dépenses, mais l'orgueil de Miss Germaine était un obstacle insurmontable à tout projet d'économie. Elle avait été accoutumée depuis longtemps à telles ou telles choses; elle ne pouvait vivre sans les avoir. Ses parents seraient fort étonnés de ne pas la voir dans l'éclat où elle vivait avant son mariage.

Irrité de l'insolence et de l'absurdité de tels arguments, M. Germaine insistait avec l'autorité d'un mari qui sait qu'il a pour lui la raison et le pouvoir. De là, vinrent des altercations encore plus violentes que les anciennes.

Certaines femmes oublient plus volontiers les plus grands torts de leurs maris que leur intervention dans les affaires du ménage : Miss Germaine était une de ces femmes.

Quoique son mari lui eût promis, quelque égard qu'il s'efforçât de lui témoigner, il n'en était pas récompensé de plus grandes preuves d'affection.

Au contraire, elle semblait contrariée de se voir privée de motifs légitimes de plainte. Elle ne pouvait plus dire avec les gestes les plus tragiques que son mari se ruinait et ruinait sa famille par ses folies.

Aux violentes altercations, succéda le silence de la haine.

Miss Germaine devint revêche, sans pudeur, nerveuse et irritable. Elle prit place parmi les douairières attitrées aux remèdes, et devint un intéressant personnage.

Mais ce genre d'importance n'eut pas le talent de la distraire; et elle finit par déclarer qu'elle ne pouvait plus vivre avec l'insupportable fardeau de l'ennui.

Dans bien des circonstances, la conduite de certaines personnes peut-être prédite avec certitude par ceux qui sont familliers avec leurs habitudes.

L'habitude est pour les esprits faibles

une sorte de prédestination morale à laquelle ils n'ont pas le pouvoir d'échapper.

Leur langage exprime communément le sentiment qu'ils ont de leur propre faiblesse à se débattre contre la destinée que leur a préparée leur folie.

Ils ont l'habitude de dire :

— Pour moi, je ne puis m'empêcher d'agir de la sorte; je sais que je fais mal, je sais que je me perds, mais je ne puis résister ; il est inutile de discuter avec moi, ma vie est ainsi, c'est mon sort.

Miss Germaine, elle aussi, se trouva attirée d'une manière irrésistible aux tables de jeu, nonobstant sa promesse solennelle de ne plus jouer à aucun jeu de hasard.

— Il était, disait-elle, inutile de discuter avec elle : sa vie était ainsi; c'était son destin; elle savait qu'elle faisait mal ; elle savait qu'elle se perdait, mais elle ne pouvait résister.

Après quelques mois, elle se trouva de nouveau dans les dettes.

Elle eut la bassesse et l'audace de s'a-

dresser encore à la générosité de monsieur
D.rford.

Sa lettre était des plus rampantes; elle
était pleine d'expressions flatteuses quelle
s'imaginait devoir produire un grand effet,
venant d'une personne de sa naissance et
de son rang.

Elle fut surprise de recevoir un refus
formel.

Le généreux William refusa d'intervenir encore parce qu'il vit bien que son
intervention ne serait d'aucune utilité. Il
évita cependant de lui reprocher d'avoir
manqué à sa parole.

Il se dit :

« Elle sera bien assez punie par les suites
de sa conduite, je ne veux pas ajouter à son
infortune. »

Une séparation d'avec son mari en fut
la conséquence immédiate.

On peut croire que ce ne fut pas un châtiment pour Miss Germaine; mais la perte
de tout orgueil, de tout le luxe, de toutes
les richesses que lui avait apportées son

mariage, tout cela lui fut cruellement sensible.

Elle fut soumise à la charité de ses parents, qui du reste en avaient fort peu

Elle fut dédaignée de ses amies; elle n'eut personne qui s'apitoyât sur son sort.

Même sa fille de service devint arrogante envers elle, parce qu'elle était, comme sa maîtresse, d'humeur acariâtre et qu'elle ne recevait pas de gages.

Les détails des souffrances et des mortifications de la pauvre Miss Germaine ne sauraient être bien intéressants.

Elle vécut tristement jusqu'au jour où elle mourut d'une fièvre nerveuse.

Aussitôt après son décès, son mari écrivit la lettre suivante à M. William Darford.

« Mon cher William,

» Vous avez appris la mort de la pauvre Miss Germaine et la manière dont cela est arrivé; je n'ai pas besoin de vous en dire plus long à ce sujet. Si grandes

6

» qu'aient été ses fautes, elle en a bien
» souffert et m'a bien fait souffrir. Croyez-
» moi, je suis bien guéri du désir d'être un
» gentleman. J'abandonne le nom de Ger-
» maine pour reprendre celui de Darford.
» Vous connaissez l'état de mes affaires.
» J'espère cependant tout réparer à force de
» travail. J'ai résolu de revenir au com-
» merce et de m'y appliquer avec ardeur
» pour mon salut et celui de mes enfants,
» que j'ai jusqu'ici entièrement négligés.
» Mais après mon mariage, je n'ai pas
» toujours eu le pouvoir de faire ce que
» je voulais. N'en parlons plus. Je consens
» que l'on me blâme pour le passé; mais, à
» l'avenir, j'espère devenir un tout autre
» homme. Je n'ose pas vous prier d'avoir
» confiance en ces bonnes résolutions et
» de me reprendre pour associé dans votre
» manufacture. Mais peut-être votre bonté
» pourra me procurer quelque emploi
» d'accord avec mes projets et ma capa-
» cité. Je ne demande qu'une épreuve; je
» ne crois pas que je puisse faire comme

» autrefois, et laisser à mon associé le
» soin d'écrire toutes les lettres.

» Embrassez pour moi mon cher petit
» garçon et ma chère petite fille. Pourrai-je
» assez vous remercier vous et Miss Dar-
» ford pour tout ce que vous avez fait pour
» eux ! Il y a aussi une autre personne que
» je voudrais remercier, mais je n'ose pas
» la nommer, car je me trouve fort indigne
» de tant de bontés.

» Adieu et à vous, sincèrement,

» Charles Darford, de nouveau,
Dieu merci ! »

Il est à peine nécessaire d'informer nos
lecteurs que M. William Darford reçut les
bras ouverts son ami repentant ; il le prit
pour associé et l'aida de la manière la plus
bienveillante et la plus judicieuse à rétablir
sa fortune et son crédit.

Il devint fort appliqué aux affaires, au
grand étonnement de ceux qui ne l'avaient

connu que comme un gentleman orgueilleux et dissipé.

Peu d'homme ont assez de force de
caractère pour s'arrêter dans la carrière de
la folie et pour supporter le ridicule jeté sur
eux par ceux qu'ils méprisent et qui souvent les ont poussé à leur perte.

Notre héros fut ridiculisé sans merci par
tous ses anciens compagnons, par tous les
flâneurs de Bound-Street; ils ne pouvaient
comprendre la détermination qu'il venait
de prendre de vivre désormais de son
travail.

Mais que lui importait? Il ne vivait pas
au milieu d'eux; il n'entendait pas leurs
sarcasmes et savait bien qu'au bout d'un
an ils oublieraient que Charles Germaine
eût jamais existé; car ils ne pouvaient
plus espérer d'exploiter son orgueil.

La connaissance qu'il avait du grand
monde l'avait assez convaincu que le
bonheur n'est pas dans le don ou la pos-
session des choses qui aux yeux des mor-

tels ignorants sont souvent des sujets d'admiration ou d'envie.

Charles Darford chercha le bonheur et le trouva dans la vie domestique qu'il regretta de n'avoir pas comprise au commencement de sa carrière.

Une croyance fondée sur notre propre expérience est plus ferme que ce que nous assure les paroles des moralistes les plus autorisés.

Heureux ceux qui, suivant un ancien proverbe, deviennent sage par l'expérience de leurs devanciers !

FIN DES DEUX MANUFACTURIERS

SUPPLÉMENT

LA POMME DE TERRE

M. Parmentier, qui avait appris à connaître la pomme de terre dans les prisons
d'Allemagne, où il n'avait eu souvent que
cette nourriture, seconda les vues du ministre par un examen chimique de cette
racine, où il montrait qu'aucun de ses principes n'est nuisible Il fit mieux encore :
pour apprendre au peuple à y prendre
goût, il en cultiva en plein champ, dans
des lieux très fréquentés, les faisant garder
avec appareil pendant le jour seulement,

heureux quand il apprenait qu'il avait
excité ainsi à ce qu'on lui en volât quel-
ques-unes pendant la nuit. Il aurait voulú
que le roi, comme on le rapporte des empe-
reurs de la Chine, eût tracé le premier sillon
de son champ : il en obtint du moins de
porter en pleine cour, dans un jour de fête
solennelle, un bouquet de fleurs de pommes
de terre à la boutonnière, et il n'en fallut
pas davantage pour engager plusieurs
grands seigneurs à en faire planter. Il n'est
pas jusqu'à l'art de la cuisine raffinée que
M. Parmentier ne voulût aussi contraindre
à venir au secours des pauvres, en s'exer-
çant sur la pomme de terre; car il pré-
voyait bien que les pauvres n'auraient partout des pommes de terre en abondance,
que lorsque les riches sauraient qu'elles
peuvent aussi leur fournir des mets agréa-
bles. Il assurait avoir donné un jour un
dîner entièrement composé de pommes de
terre, à vingt sauces différentes, où l'appé-
tit se soutint à tous les services.

Mais les ennemis de la pomme de terre,

hors de prouver qu'elle fait du mal aux
hommes, ne se tinrent pas pour battus; ils
prétendirent qu'elle en ferait aux champs
et les rendrait stériles.

Il n'y avait nulle apparence qu'une culture qui aide à nourrir plus de bestiaux et
à multiplier les engrais, pût jamais avoir
pour résultats d'effriter le sol (1); néan-
moins, il fallut encore répondre à cette
objection, et considérer la pomme de terre
sous le point de vue agricole. M. Parmentier reproduisit donc, sous diverses formes,
tout ce qui regarde sa culture et ses usages,
même pour la fertilisation des terres; il ne
se lassait point d'en parler dans des ouvra-
ges savants, dans des instructions popu-
laires, dans des journaux, dans des diction-
naires de tout genre.

Pendant quarante ans, il n'a manqué
aucune occasion de la recommander; chaque mauvaise année était même pour lui

(1) C'est-à-dire d'enlever au sol les principes solubles
propres à la végétation. Effriter veut dire épuiser, rendre
stériles.

une sorte d'auxiliaire, dont il profitait avec soin, pour rappeler l'attention sur sa plante chérie. C'est ainsi que le nom de ce végétal bienfaisant et le sien sont devenus presque inséparables dans la mémoire des amis des hommes ; le peuple même les avait unis, et ce n'était pas toujours avec reconnaissance A une certaine époque de la Révolution, l'on proposait de porter M. Parmentier à quelque place municipale ; un des votants s'y opposait avec fureur : « Il ne nous fera manger que des pommes de terre, disait-il ; c'est lui qui les a inventées ! »

Cuvier.

SOLIDARITÉ HUMAINE

Voici un homme appartenant à une classe modeste de la société, un menuisier de village, par exemple ; observons tous les services qu'il rend à la société et tous ceux

qu'il en reçoit ; nous ne tarderons pas à être
frappés de l'énorme disproportion appa-
rente.

Cet homme passe sa journée à raboter
des planches, à fabriquer des tables et des
armoires ; il se plaint de sa condition, et
cependant, que reçoit-il de cette société en
échange de son travail !

D'abord, tous les jours, en se levant, il
s'habille, et il n'a personnellement fait
aucune des nombreuses pièces de son vête-
ment. Or, pour que ces vêtements, tout
simples qu'ils sont, soient à sa disposition,
il faut qu'une énorme quantité de travail,
d'industrie, de transports, d'inventions
ingénieuses, ait été accomplie. Il faut que
des Américains aient produit du coton ; des
Indiens, de l'indigo ; des Français, de la
laine et du lin ; des Brésiliens, du cuir ; que
tous ces matériaux aient été transportés en
des villes diverses, qu'ils y aient été ouvrés,
filés, tissés, teints, etc.

Ensuite il déjeune. Pour que le pain qu'il
mange lui arrive tous les matins, il faut que

les terres aient été défrichées, closes, labou-
rées, fumées, ensemencées ; il faut que les
récoltes aient été préservées avec soin du
pillage ; il faut qu'une certaine sécurité ait
régné au milieu d'une innombrable multi-
tude ; il faut que le froment ait été récolté,
broyé, pétri et préparé ; il faut que le fer,
l'acier, le bois, la pierre, aient été convertis
par le travail en instruments de travail ; que
certains hommes se soient emparés de la
force des animaux, d'autres du poids d'une
chute d'eau, etc. ; toutes choses dont chacune, prise isolément, suppose une masse
incalculable de travail mise en jeu, non
seulement dans l'espace, mais dans le
temps.

Cet homme ne passera pas sa journée
sans employer un peu de sucre, un peu
d'huile, sans se servir de quelques ustensi-
les. Il enverra son fils à l'école pour y
recevoir une instruction qui, quoique bor-
née, n'en suppose pas moins des recherches, des études antérieures, des connaissances dont l'imagination est effrayée. Il

sort : il trouve une rue pavée et éclairée. On lui conteste une propriété : il trouve des avocats pour défendre ses droits, des juges pour l'y maintenir, des officiers de justice pour faire exécuter la sentence ; toutes choses qui supposent des connaissances acquises, par conséquent des lumières et des moyens d'existence.

Il va à l'église : elle est un monument prodigieux, et le livre qu'il y porte est un monument peut-être plus prodigieux encore de l'intelligence humaine. On lui enseigne la morale, on éclaire son esprit, on élève son âme ; et, pour que tout cela se fasse, il faut qu'un autre homme ait pu fréquenter les bibliothèques, les séminaires, puiser à toutes les sources de la tradition humaine, qu'il ait pu vivre sans s'occuper directement des besoins de son corps.

Si notre artisan entreprend un voyage, il trouve que, pour lui épargner du temps et diminuer sa peine, d'autres ont aplani, nivelé le sol, comblé des vallées, abaissé des montagnes, joint les rives des fleuves,

amoindri tous les frottements, placé des
véhicules à roues sur des blocs de grès ou
des bandes de fer, dompté les chevaux ou
la vapeur, etc.

Il est impossible de ne pas être frappé de
la disproportion, véritablement incommen-
surable, qui existe entre les satisfactions
que cet homme puise dans la société, et
celles qu'il pourrait se donner s'il était
réduit à ses propres forces. J'ose dire que,
dans une seule journée, il consomme des
choses qu'il ne pourrait produire lui-même
dans dix siècles.

Ce qui rend le phénomène plus étrange
encore, c'est que tous les autres hommes
sont dans le même cas que lui. Chacun de
ceux qui composent la société a absorbé des
millions de fois plus qu'il n'aurait pu produire ; et cependant ils ne se sont rien dérobé
mutuellement. Et si l'on regarde les choses
de près, on s'aperçoit que ce menuisier a
payé en services tous les services qui lui
ont été rendus. S'il tenait ses comptes avec
une rigoureuse exactitude, on se convain-

crait qu'il n'a rien reçu sans le payer au moyen de sa modeste industrie ; que quiconque a été employé à son service, dans le temps ou dans l'espace, a reçu ou recevra sa rémunération.

Il faut donc que le mécanisme social soit bien ingénieux, bien puissant, puisqu'il conduit à ce singulier résultat, que chaque homme, même celui que le sort a placé dans la condition la plus humble, a plus de satisfactions en un jour qu'il n'en pourrait produire en dix siècles.

D'après F.-Bastiat.

LES SOURCES DE LA RICHESSE

« Mes chers amis et bons voisins, il est certain que les impôts sont lourds ; cependant, si nous n'avions à payer que ceux que le gouvernement nous demande, nous pourrions espérer d'y faire face plus aisément ; mais nous en avons une quantité d'autres plus onéreux. Par exemple, notre paresse nous prend deux fois autant que le gouvernement, notre orgueil trois fois, et notre imprévoyance quatre fois autant encore. Ces taxes (1) sont d'une telle nature, qu'il n'est pas possible au gouvernement d'en diminuer le poids, ni de nous en délivrer.

» S'il existait un gouvernement qui obligeât ses sujets à donner régulièrement la dixième partie de leur temps pour son service, on trouverait assurément cette condition fort dure ; mais la plupart d'entre nous sont taxés, par leur paresse, d'une manière beaucoup plus tyrannique. Car, si vous comptez le temps que vous passez dans une oisiveté absolue, c'est-à-dire, ou à ne rien faire, ou dans des dissipations qui ne mènent à rien, vous trouverez que je dis vrai. L'oisiveté amène avec elle des incommodités et raccourcit sensiblement la durée de la vie.

(1) Ce morceau est traduit de l'anglais, et, en anglais, le mot taxe (*tax*) signifie *impôt*. En français, il n'a pas toujours le même sens.

Combien de temps ne donnons-nous pas au sommeil au-delà du nécessaire? Avec de l'activité nous ferions beaucoup plus avec moins de peine. *La paresse rend tout difficile; le travail rend tout aisé.*

» Que signifient les désirs et les espérances de temps plus heureux? nous rendrons le temps meilleur si nous savons agir! Quiconque est laborieux n'a point à craindre la disette; car *la faim regarde à la porte de l'homme laborieux, mais elle n'ose pas y entrer.* Les commissaires et les huissiers n'y entreront pas non plus : car *le travail paye les dettes et le désespoir les augmente.* Il n'est pas nécessaire que vous trouviez des trésors, ni que de riches parents vous fassent leur légataire L'activité est la mère de la prospérité, et Dieu ne refuse rien au travail.

» Mais, indépendamment de l'amour du travail, il faut encore avoir de la *constance*, de la *résolution* et des *soins*; il faut voir ses affaires avec ses propres yeux, et ne pas trop s'en rapporter aux autres. Il faut de plus de l'*économie*, si nous voulons assurer le succès de notre travail. Si vous voulez être riches, n'apprenez pas seulement comment on gagne, sachez aussi comment on ménage. Renoncez à vos folies dispendieuses, et vous aurez moins à vous plaindre de la dureté des temps, de la pesanteur des taxes et des charges de vos maisons. »

Franklin.

LE TEMPS C'EST L'ARGENT

Les Anglo-Américains (1) ont, de tout temps, montré un goût décidé pour la mer. L'indépendance, en brisant les liens commerciaux qui les unissaient à l'Angleterre, donna à leur génie maritime un nouvel et

---

(1) Les États-Unis, autrefois colonie anglaise, ont été surtout peuplés par des individus de race angl-saxonne. De là le nom d'Anglo-Américains donné aux descendants des premiers colons.

puissant essor. Depuis cette époque, le nombre des vaisseaux de l'Union (1) s'est accru dans une progression presque aussi rapide que le nombre de ses habitants. Aujourd'hui, ce sont les Américains eux-mêmes qui transportent chez eux les neuf dixième des produits de l'Europe. Ce sont encore les Américains qui apportent aux consommateurs les trois quarts des exportations du Nouveau-Monde.

Les vaisseaux des Etats-Unis remplissent le port du Havre et celui de Liverpool. On ne voit qu'un petit nombre de bâtiment anglais ou français dans le port de New-York (2). Ainsi, non seulement le commerçant américain brave la concurrence sur son propre sol, mais il combat encore avec avantage les étrangers sur le leur.

(1) *L'Union*. On dit communément l'Union (américaines pour « les Etats-Unis » d'Amérique.

(2) New-York est la plus grande ville maritime de) Etats-Unis. Elle compte 1,200,000 habitants. Liverpool est le port le plus considérable de la Grande-Bretagne. Quand au commerce du Havre, on connait son importance.

Ceci s'explique aisément : de tous les vaisseaux du Nouveau-Monde, ce sont les navires des Etats-Unis qui traversent les mers au meilleur marché... C'est un problème difficile à résoudre que celui de savoir pourquoi les Américains naviguent à plus bas prix que les autres hommes : on est tenté d'abord d'attribuer cette supériorité à quelques avantages matériels que la nature aurait mis à leur portée; mais il n'en est point ainsi.

Les vaisseaux américains coûtent presque aussi cher à bâtir que les nôtres; ils ne sont pas mieux construits, et durent en général moins longtemps. Le salaire du matelot américain est plus élevé que celui du matelot d'Europe; ce qui le prouve, c'est le grand nombre d'Européens qu'on rencontre dans la marine marchande des Etats-Unis. D'où vient donc que les Américains naviguent à meilleur marché que nous?

Je pense qu'on chercherait vainement les causes de cette supériorité dans des avantages matériels ; elle tient à des qualités purement intellectuelles et morales.

Voici une comparaison qui éclaircira ma pensée :

Pendant les guerres de la Révolution, les Français introduisirent dans l'art militaire une tactique nouvelle qui troubla les plus vieux généraux et faillit détruire les plus anciennes monarchies de l'Europe. Ils entreprirent pour la première fois de se passer d'une foule de choses qu'on avait jusqu'alors jugées indispensables à la guerre ; ils exigèrent de leurs soldats des efforts nouveaux que les nations policées n'avaient jamais demandés aux leurs ; on les vit tout faire en courant, et risquer sans hésiter la vie des hommes en vue du résultat à obtenir. Les Français étaient moins nombreux et moins riches que leurs ennemis ; ils possédaient infiniment moins de ressources ; cependant ils furent constamment victorieux, jusqu'à ce que ces derniers eussent pris le parti de les imiter.

Les Américains ont introduit quelque

chose d'analogue dans le commerce. Ce que
les Français faisaient pour leurs victoires,
ils le font pour le *bon marché.*

Le navigateur européen ne s'aventure
qu'avec prudence sur les mers; il ne part
que quand le temps l'y convie; s'il lui sur-
vient un accident imprévu, il rentre au port;
la nuit, il serre une partie de ses voiles, et
lorsqu'il voit l'Océan blanchir à l'approche
des terres, il ralentit sa course et interroge
le soleil

L'Américain néglige ces précautions et
brave ces dangers. Il part, tandis que la
tempête gronde encore; la nuit comme le
jour il abandonne au vent toutes ses voiles;
il répare en marchant son navire fatigué
par l'orage, et lorsqu'il approche enfin du
terme de sa course, il continue à voler vers
le rivage, comme si déjà il apercevait le
port. L'Américain fait souvent naufrage;
mais il n'y a pas de navigateur qui traverse
les mers aussi rapidement que lui. Faisant
les mêmes choses qu'un autre en moins de
temps, il peut les faire à moins de frais.

Avant de parvenir au terme d'un voyage de long cours, le navigateur d'Europe croit devoir aborder plusieurs fois sur son chemin. Il perd un temps précieux à chercher le port de relâche ou à attendre l'occasion d'en sortir, et il paie chaque jour le droit d'y rester.

Le navigateur américain part-il de Boston pour aller acheter du thé à la Chine? Il arrive à Canton, y reste quelques jours et revient. Il a parcouru en moins de deux ans la circonférence entière du globe, et il n'a vu la terre qu'une seule fois! Durant une traversée de huit ou dix mois, il a bu de l'eau saumâtre et vécu de viande salée : il a lutté sans cesse contre la mer, contre la maladie, contre l'ennui; mais à son retour il peut vendre la livre de thé un sou de moins que le marchand anglais : le but est atteint.   A. LAVOLLÉE.

FIN

TABLE

FIN DE LA TABLE.

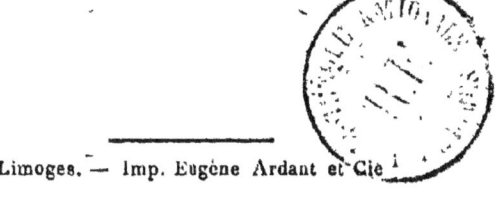

Limoges. — Imp. Eugène Ardant et Cie

Original en couleur

NF Z 43-120-8

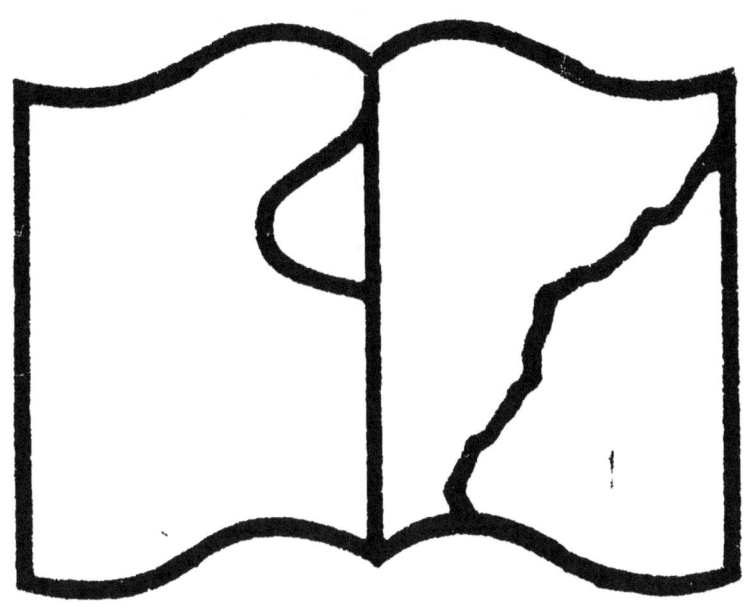

Texte détérioré — reliure défectueuse

NF Z 43-120-11

www.ingramcontent.com/pod-product-compliance
Lightning Source LLC
Chambersburg PA
CBHW070758280626
47162CB00016B/1543

LES DERNIERS SCANDALES DE PARIS

8°Y²
19100

MADAME

DON JUAN

PAR

DUBUT
DE
LAFOREST

60 CENTIMES

FAYARD FRÈRES, ÉDITEURS, PARIS